PEDRO ANTONIO DE ALARCÓN

# EL SOMBRERO DE TRES PICOS

EDICIÓN, INTRODUCCIÓN, NOTAS, COMENTARIOS
Y APÉNDICE

TOMÁS RODRÍGUEZ SÁNCHEZ

## Biblioteca Didáctica Anaya

*Dirección de la colección:* Antonio Basanta Reyes.
*Diseño de interiores y cubierta:* Antonio Tello.
*Dibujos:* Ramón Valle.
*Ilustración de cubierta:* Javier Serrano Pérez.

# ÍNDICE

INTRODUCCIÓN... ... ... ... ... ...     5

**Época** ... ... ... ... ... ... ... ...     7

   Absolutistas y liberales ... ... ... ...     7
   El reinado de Isabel II ... ... ... ...     8
   El sexenio democrático ... ... ... ...     9
   La restauración ... ... ... ... ... ...    10
   Situación social ... ... ... ... ... ...    11
   La cultura. ... ... ... ... ... ... ...    16

**Literatura** ... ... ... ... ... ... ... ...    19

   Movimientos literarios ... ... ... ...    19

**Autor** ... ... ... ... ... ... ... ... ...    22

   Infancia y juventud ... ... ... ... ...    22
   Etapa revolucionaria.. ... ... ... ...    23

Evolución ideológica . ... ... ... ... 24
Etapa final ... ... ... ... ... ... ... 27

**Cuestiones** ... ... ... ... ... ... ... ... 28

**Criterio de esta edición** .. ... ... ... ... 29

EL SOMBRERO DE TRES PICOS ... 31

Comentario 1 . ... ... ... ... ... ... 48
Comentario 2 . ... ... ... ... ... ... 61
Comentario 3 . ... ... ... ... ... ... 118
Comentario 4 . ... ... ... ... ... ... 143
Comentario 5 . ... ... ... ... ... ... 177

APÉNDICE .. ... ... ... ... ... ... ... 183

**Estudio de la obra** ... ... ... ... ... ... 185

Génesis ... ... ... ... ... ... ... ... 185
Fuentes ... ... ... ... ... ... ... ... 186
Temas . ... ... ... ... ... ... ... ... 188
Personajes . ... ... ... ... ... ... ... 189
Estructura . ... ... ... ... ... ... ... 191
El tiempo .. ... ... ... ... ... ... ... 192
El espacio . ... ... ... ... ... ... ... 193
El narrador ... ... ... ... ... ... ... 194
Estilo ... ... ... ... ... ... ... ... ... 194
Proyección de la obra. ... ... ... ... 197

BIBLIOGRAFÍA ... ... ... ... ... ... 198

# INTRODUCCIÓN

*Retrato de
Pedro Antonio
de Alarcón
(1833-1891).*

# ÉPOCA

La historia española del siglo XIX estuvo presidida por el enfrentamiento entre dos tendencias, conservadurismo y progresismo, las cuales, bajo distintas etiquetas, caracterizarán el desenvolvimiento de la vida política y social.

## *Absolutistas y liberales*

En plena guerra de la Independencia, la Constitución de Cádiz (1812) significó el primer intento de revolución liberal en nuestro país. Más tarde, el absolutismo de Fernando VII, al tiempo que se perdían las colonias de América, aplastaba con dureza cualquier tentativa de recuperar los principios de la Constitución del 12.

A la muerte del monarca, en 1833, la reina regente, María Cristina, entregó el gobierno a los liberales, que elaboraron la Constitución de 1837. De entrada, el nuevo régimen tropieza con un difícil escollo: la guerra carlista. Esta contienda, que arrancó de una cuestión sucesoria, se polarizó de forma muy compleja, en torno a las dos ideas predominantes: tradicionalismo y liberalismo.

Finalizada la guerra («Abrazo de Vergara», 1839) la escisión de los liberales en moderados y progresistas da paso a nuevos conflictos. En 1840, el general progresista Espartero destituye a la reina María Cristina y se proclama regente. Su mandato durará poco tiempo. En octubre de 1843, un golpe militar de los moderados adelanta la mayoría de edad de la hija de Fernando VII.

*La guerra carlista supuso una auténtica guerra civil, librada en la primera mitad del siglo XIX. (Don Carlos pasando revista a sus tropas en Amurrio.)*

## El reinado de Isabel II

El reinado de Isabel II durará veinticinco años y se inicia con un gobierno moderado conducido con mano dura por el general Narváez. Una nueva Constitución (1845), que introduce muchas notas de carácter conservador, marcará el desarrollo político. La oposición progresista hostiga el inmovilismo de los moderados.

En 1854 estalla en Vicálvaro una sublevación que encabezan los generales O'Donnell y Espartero. El movimiento popular que siguió al pronunciamiento tuvo una vida precaria. En 1856 cae Espartero y, a partir de esa fecha, y hasta 1868, la estrategia política se caracterizó por el intento de conseguir una agrupación de centro que aunara las voluntades de los transigentes de los dos partidos hegemónicos, es decir, de moderados y progresistas. Este deseo se plasmó en el partido de la Unión Liberal, que capitaneaba O'Donnell y que llevó el peso de la política con períodos intermitentes, hasta 1868.

En el tiempo en que detentó el poder la Unión Liberal se llevaron a cabo algunas aventuras militares de signo colonialista: expedición franco-española a Indochina (1857-1863); guerra de Marruecos (1859-1860), intervención en Méjico (1862), y guerra de Perú y Chile (1862-1866).

## El sexenio democrático

La crisis económica de 1866 propició la Revolución de 1868. Cuando se produjo ésta, al lado de la reina no quedaba nadie, ni siquiera los unionistas.

Sin embargo, tampoco la revolución progresista del 68, llamada la «Gloriosa», ni la Constitución de 1869, que encarnaba jurídicamente los nuevos principios, darán los frutos soñados.

La muerte violenta del general Prim, líder carismá-
tico de la Revolución, vino a enturbiar el panorama. Exiliada la reina en Francia, se había buscado
un monarca extranjero para que gobernara en España. Aceptó el encargo Amadeo de Saboya. Su reinado fue corto, desde 1871 a 1873. Desilusionado,
abandonó el poder y regresó a su patria. El día 11
de febrero de 1873 se proclamaba la Primera Repú-
blica. La novedad de un gobierno republicano gozó
asimismo de poca vida. En apenas un año de dura-
ción, conoció cuatro presidentes de distinta tendencia cada uno. Todos fracasaron en su intento de hacer prosperar la fórmula republicana.

## La Restauración

El 3 de febrero de 1874, el general Pavía tomaba el
Congreso por la fuerza y disolvía las Cortes. Un corto período de gobierno a cargo del general Serrano
llevó, finalmente, al pronunciamiento del general
Martínez Campos en Sagunto. El joven Alfonso XII,
hijo de Isabel II, fue proclamado rey de España.

A partir de 1876, restaurada la monarquía borbóni-
ca, el turno pacífico de partidos —conservadores y
liberales— aseguraba una cierta estabilidad política,
aunque no solucionaba ninguno de los tradiciona-
les problemas que aquejaban a las estructuras sociales y económicas.

La situación no se alteró cuando, en noviembre de
1885, muere el rey. La reina, María Cristina, se hará
cargo de la Regencia sin ningún tipo de problemas
institucionales. Sólo la agitación de las colonias al-
terará el rutinario quehacer de las Cortes. Cuba y Filipinas reclamaban la independencia. Los choques
armados, en aquellas latitudes, se sucederán a lo lar-

go de las últimas décadas del siglo. Finalmente, tras una guerra con los Estados Unidos, se producirá el desastre del 98.

## Situación social

La ascensión de la burguesía al poder supone el inicio de la caída de las estructuras del Antiguo Régimen. Al finalizar la primera guerra carlista puede decirse que la sociedad española ha adoptado ya una nueva ordenación por clases.

*La burguesía tuvo un papel fundamental en el siglo XIX. (El Carnaval. Grabado realizado para Los Meses.)*

La clase burguesa aglutinaba distintos sectores: alta burguesía (terratenientes, altos funcionarios, industriales, etc.); la burguesía media (profesiones liberales, propietarios rurales, jefes y oficiales del ejército, etc.); y baja burguesía (pequeños comerciantes, artesanos, empleados, clases del ejército...)

Los dos primeros niveles engrosaban principalmente las filas del partido moderado. Los integrantes del último grupo constituían la base social del partido progresista.

*El proletariado es fundamentalmente rural, aunque poco a poco se va transformando en un proletariado industrial. (Tejedora, por Planelles.)*

Al margen de la burguesía formaban las clases proletarias (sirvientes, jornaleros del campo, pequeños arrendatarios, obreros industriales, etc.). Hasta los años 40, el proletariado apenas tiene conciencia de clase. En realidad, la burguesía, que no representaba numéricamente unas cifras significativas, dominaba a la gran masa, que era el proletariado.

Hasta 1868, el proletariado tiene una base esencialmente rural. Los obreros industriales son escasos y se localizan, sobre todo, en Cataluña, País Vasco, Asturias y algunas grandes ciudades.

Con el advenimiento de la Revolución se inician las relaciones de los movimientos obreros españoles con otros internacionales. Se funda la rama española de la Asociación Internacional de Trabajadores (AIT). Desde los primeros tiempos, la Internacional española se escinde en dos tendencias: socialista y anarquista.

En 1874, el general Pavía disolvió la Internacional, pero los movimientos obreros no cesaron en sus tareas de organización. El socialista Pablo Iglesias fundó el PSOE en mayo de 1879, y años más tarde (1888), surgió la central sindical de este partido, la Unión General de Trabajadores (UGT).

En la Barcelona de 1881 nació también una Federación de Trabajadores, de inspiración anarquista, que pronto se extendió por Cataluña y Andalucía.

Aparecieron asimismo algunos movimientos de trabajadores de signo cristiano, sobre todo en la región levantina y en Andalucía (Círculos del P. Vicent).

En la primera mitad de siglo, tras la guerra de la Independencia, se produce un notable avance demográfico. La población crece. Ha aumentado el índice de natalidad y se ha cortado la emigración por la pérdida de las colonias.

Aunque se ha observado una leve mejora en la situación económica, el panorama de miseria de la gran población no ha descendido. La economía española se sustenta sobre una base agraria, pero permanece el desequilibrio en la propiedad rural y los métodos de cultivo siguen estancados. El campesinado apenas logra cubrir sus necesidades.

En 1836, el ministro Mendizábal retoma el proyecto liberal de la Desamortización. Los bienes de las comunidades religiosas fueron enajenados y vendidos en pública subasta. Por diversas razones, la operación se hizo mal y las tierras que deberían haber pasado a los campesinos necesitados y a los trabajadores del campo fueron adjudicadas a terratenientes y comerciantes enriquecidos que disponían de dinero para pagar con rapidez. Las grandes fincas pasaron de unas manos muertas a otras.

Más tarde, en los años 1855-1856, otro ministro progresista, Pascual Madoz, completaría la reforma añadiendo a la venta de tierras eclesiásticas el ofrecimiento de bienes de propios y tierras comunales.

En cuanto a la industria, aunque en la primera mitad del siglo se emprendió la reconstrucción del sector en unas zonas muy localizadas (Asturias: minerías; País Vasco: metalúrgicas; Cataluña: industria textil y algodonera), hasta la segunda mitad del siglo no se consigue un despegue apreciable.

El tirón productivo pudo realizarse gracias a la llegada de fuertes capitales extranjeros y a la mejora

*En la segunda mitad del siglo, la industria alcanza un auge considerable. (Imprenta del siglo XIX, en Barcelona.)*

*El ferrocarril impulsó las relaciones comerciales y permitió una mayor movilidad social. (Inauguración del ferrocarril en Asturias. G. Pérez Villaamil.)*

de equipos técnicos. Es obligado destacar asimismo el trascendente papel del ferrocarril (primeras líneas, a partir de 1848), que intensificó las relaciones comerciales y permitió una mayor movilidad social y económica.

En la segunda mitad del siglo el índice de crecimiento de la población baja respecto a las décadas anteriores. La natalidad se estanca. Mediada la centuria, se detectan importantes movimientos de emigración interior hacia las zonas industriales. La estructura de la población se altera de forma notable al incrementarse el despoblamiento de las zonas rurales y crecer la densidad de población de las zonas periféricas, donde está localizada la industria.

## La cultura

Los emigrados liberales regresaron a España, en
1833, con un bagaje importante: sus experiencias y
el conocimiento de otras culturas. El cambio fue notable. Con la libertad de prensa surgieron abundan-
tes publicaciones periódicas y el movimiento román-
tico se implantó decididamente. La relación entre
política y cultura era muy intensa; y así, de la misma manera que la corriente liberal se escinde en progresistas y moderados, el romanticismo se dividirá,
también, en románticos revolucionarios (Larra, Es-
pronceda, etc.) y románticos de signo conservador
(Rivas, Zorrilla, etc.). Durante la época de consoli-
dación del moderantismo, la cultura adoptará una
postura ecléctica, de bajo nivel y carácter provin-
ciano.

En el campo de la instrucción pública se dan algunos pasos importantes («Plan Gil y Zárate», de 1845;
«Ley Moyano», de 1857). Estas reformas permitieron
que los jóvenes de clase media recibieran una edu-
cación aceptable, pero no solucionaron el problema
generalizado del analfabetismo de las clases bajas.

A través de un espíritu cristiano, que siempre estuvo presente en el comportamiento de la burguesía,
se produce la evolución hacia el realismo. Primero
será la observación de la realidad social en el espejo
del pintoresquismo: costumbrismo. Después, se in-
tentará el abordaje de un realismo espiritualista mo-
ralizante y resignado. No todos los intelectuales, ló-
gicamente, se deslizaron por esta línea. Por otra parte, entre las clases populares persiste un romanticismo que mantiene vivas las actitudes liberales.

La Revolución del 68 sirvió para deslindar los campos de la política y, al mismo tiempo, para confi-
gurar las dos posturas del realismo: católico-mora-

*El costumbrismo es el primero de los pasos hacia el realismo. (Mujer toledana en el pozo y Alavesas en el mercado.)*

lista-tradicionalista (Alarcón, Pereda, P. Coloma) y realismo progresista (Valera, Galdós, Pardo Bazán, Clarín, etc.)

Un movimiento particularmente interesante y peculiar fue el llamado «krausismo», impulsado por Julián Sanz del Río. Partiendo de las ideas filosóficas del alemán Krause, se inicia en España una especie de reforma laica de la sociedad. Esta reforma se lleva a cabo a través de la Institución Libre de Enseñanza y sus bases pedagógicas se asientan sobre los principios de integridad y humanismo.

A partir de 1875, en la cultura española se observa un auge importante. Las distintas manifestaciones (novela, ensayo, música, pintura, etc.) consiguen un prestigio que traspasa nuestras fronteras. La nómina de investigadores, eruditos, literatos y artistas era muy amplia: Menéndez Pelayo, Gallardo, Durán, Ramón y Cajal, Sorolla, Albéniz...

Con el naturalismo, máxima expresión del realismo materialista, nuestra cultura incorpora las inquietudes científicas del pensamiento europeo; pero pronto estas posiciones se verán desbordadas por nuevas corrientes artísticas y de pensamiento (impresionismo, vitalismo, etc.).

Cuando el siglo finaliza, los distintos hechos políticos, sociales y culturales confluirán en un cauce común: la crisis del 98.

Por otra parte, es necesario destacar el renacimiento de las culturas regionales, sobre todo, catalana, gallega y vasca. Desde estímulos románticos, hacia la mitad del siglo, se produce un resurgimiento de las lenguas autóctonas, las instituciones y la historia de los distintos pueblos. Tales inquietudes se proyectan en un auge de las literaturas regionales, que, en esta época, resucitan sus Juegos Florales y permiten la aparición de autores de renombre y obras de gran calidad.

*El florecimiento de las literaturas regionales fue consecuencia del resurgimiento de las culturas autóctonas.*

# LITERATURA

## *Movimientos literarios*

Resulta difícil encuadrar la obra de Alarcón en un movimiento literario. La literatura del granadino se sitúa en una posición de encrucijada. En sus páginas quedan restos de un romanticismo ya traspuesto, pero que, en algunos aspectos, se prolonga en autores como Pereda, Palacio Valdés o el propio Alarcón.

También el costumbrismo está presente en muchos párrafos de las descripciones de sus novelas. Con todo, la crítica lo sitúa entre los autores del realismo, y más concretamente, como novelista de la generación del 68.

Aunque la polémica del romanticismo había tenido lugar bastantes años atrás (1814-1820), el movimiento, como tal, no se generaliza hasta el regreso de los exiliados, a partir de 1833. El romanticismo no es sólo una corriente literaria, sino también una actitud vital que se extiende a todos los comportamientos sociales. Esencialmente, supone una reacción contra las formas y los usos del Antiguo Régimen y de la Filosofía del siglo XVIII. El triunfo definitivo del romanticismo tuvo lugar en 1835 con el estreno del drama *Don Álvaro o la fuerza del sino,* del Duque de Rivas; pero tendrá una vida efímera. A principios de la década de los 40 el movimiento comienza a extinguirse. A ello contribuye la crítica, de mentalidad conservadora. No obstante, perdurará aún bastante tiempo en la novela histórica, el teatro y la poesía narrativa.

El 1849 apareció *La gaviota,* de Fernán Caballero. Esta obra significó el triunfo de la novela costum-

brista. El costumbrismo, que traía ya un largo prestigio ganado por la obra de articulistas como Larra o Estébanez Calderón, inicia un cambio de gusto en los lectores.

La influencia de los franceses, especialmente Balzac, determina un nuevo rumbo en la literatura. Surge la preocupación por el mundo que rodea al escritor: la observación detallada de la realidad.

*La influencia francesa comienza a transformar el costumbrismo. (El mes de junio. Grabado para* Los Meses.)

Probablemente no podamos hablar plenamente de realismo hasta 1870. Cierta crítica ha hecho baluarte del año 1868, el año de la «Gloriosa», para hablar de una generación de novelistas del realismo: Alarcón, Valera, Galdós, etc.

En las décadas de los años 70 y 80, el realismo se impuso como movimiento literario y domina los géneros narrativos (novela y cuento, principalmente). Hay que notar que la plasmación de la realidad no suele hacerse de forma total. A menudo, el análisis del entorno es presentado superficialmente, cuando no de forma idealizada o deformada.

Tampoco es el realismo un movimiento estático. Su evolución va desde esos inicios costumbristas que hemos señalado, a un realismo, llamemos puro, para, después, exceder los límites de la realidad contemplada y evolucionar hacia un naturalismo de signo científico, experimental y fatalista.

Más tarde, como ocurre con algunas novelas de Galdós, la literatura derivará hacia unas tendencias espiritualistas de influencia rusa.

El realismo aportó una nómina de grandes novelistas, unas técnicas narrativas propias y un lenguaje particular que trata de recoger la realidad del habla popular.

*La observación detallada de la realidad, aun en sus aspectos más crudos, lleva al realismo y, más tarde, al naturalismo.*

Cuando muere Alarcón, en 1891, el siglo literario está prácticamente agotado. Los nuevos movimientos que ya se inician —modernismo en primer lugar; algunos años después la generación del 98— suelen encuadrarse, a efectos de estudio, en el siglo XX.

# AUTOR

## Infancia y juventud

Pedro Antonio de Alarcón y Ariza nació en Guadix (Granada) el 10 de marzo de 1833. Era el cuarto hijo de una familia numerosa —diez hijos— que había venido a menos tras los azares de la guerra de la Independencia. Un abuelo del novelista, Regidor Perpetuo de la villa, sufrió pena de cárcel por oponerse a los invasores y sus bienes fueron confiscados.

Realizó Alarcón los primeros estudios en su ciudad natal y, a los catorce años, se traslada a Granada para cursar Derecho. Sin embargo, la situación de estrechez económica de la familia le obliga a regresar a Guadix. Ingresa en el Seminario de la ciudad.

La estancia en el Seminario dura desde 1848 a 1853. Durante estos años aparecen ya las primeras manifestaciones de la vocación literaria del joven estudiante. Escribe varias obritas teatrales que son estrenadas, con éxito, por compañías de aficionados en el teatro de Guadix.

En 1853, abandona los estudios eclesiásticos y marcha inicialmente a Cádiz. Allí dirige un «semanario de literatura, ciencias y arte» que había fundado en colaboración con su amigo Torcuato Tárrega y que se titulaba *El Eco de Occidente*. En esta publicación aparecen los primeros relatos de Alarcón.

Pero pronto el ambiente de Cádiz se queda chico para las ansias de vuelo del guadijeño. Viaja a Madrid con algunos proyectos y muchas ilusiones.

Sin embargo, esta primera salida a la capital de España no dio los frutos deseados y el escritor regresó junto a su familia. De Guadix pasó a Granada y se puso de nuevo al frente de *El Eco de Occidente.*

## Etapa revolucionaria

En la bella ciudad de la Alhambra, Alarcón se integra en la famosa «Cuerda Granadina», en la que ya pilotan otros famosos (Fernández y González, Moreno Nieto, Manuel del Palacio, Ronconi, etc.). Esta sociedad de intelectuales y literatos, que se reunían en el Liceo y en la Academia, dirigía el cotarro cultural de la ciudad.

Metido en este ambiente, le sorprendió la sublevación progresista de 1854, la «Vicalvarada». Alarcón, que en aquellos momentos es un exaltado revolucionario, se pone al frente del movimiento ciudadano. Tras apoderarse de un depósito de armas, reparte éstas entre los sublevados y ocupa el Ayuntamiento y la Capitanía General. Para mantener el fuego de la revuelta, funda un periódico revolucionario, *La Redención,* desde cuyas páginas fustiga al clero y a los militares.

Superados los episodios guerreros, se traslada de nuevo a Madrid. A la Corte llegan también otros miembros de la «Cuerda». Fundan ahora la «Colonia granadina» y reanudan algunas de sus actividades. Alcarcón, que venía precedido de cierta fama, se encuentra con el ofrecimiento de la dirección de *El Látigo,* un periódico satírico de tendencia anticlerical y antimonárquica. Desde la palestra del periódico, lanza encendidas proclamas. Debemos pensar que el periodista granadino empleó todas sus energías revolucionarias y la violencia propia de un joven idealista, ya que, poco tiempo después, un periodista conservador, el venezolano Heriberto García de Quevedo, le retaba a duelo en el campo del honor. Nada menos que el Duque de Rivas y González Bravo actuaron de jueces en el lance. El hecho se considera uno de los más trascendentes en la vida del novelista. Alarcón falló el tiro y su adversario, en un caballeroso acto de humanidad, disparó la pistola al aire.

## Evolución ideológica

De esta aventura salió un Alarcón confuso y transformado. Durante algún tiempo se retira a Segovia, donde se dedica a la meditación y al trabajo literario. Cuando regresa a Madrid, el belicoso joven se ha convertido en un personaje desengañado que ha roto con sus inquietudes revolucionarias y encamina sus ideas por otros derroteros.

Como fruto de los trabajos iniciados en Segovia aparece su primera novela, *El final de Norma* —escrita varios años antes y ahora redactada de nuevo—, numerosos artículos y una obra teatral titulada *El hijo pródigo*. La pieza dramática fue estrenada, pero el ambiente poco favorable al autor se encargó del fracaso de las representaciones.

Durante los años posteriores, el novelista se dedica a la vida social y literaria. Frecuenta los ambientes de la alta sociedad, donde pronto sobresale por su espíritu abierto y animoso. Consigue hacer buenas amistades entre los personajes importantes del momento. Ha abandonado momentáneamente los avatares de la política y sólo le animan sus inquietudes literarias.

Poco durará esta placentera vida. Alarcón ha nacido para el riesgo y la aventura. Cuando se declara la

*Pedro Antonio de Alarcón participó en la Guerra de África. Fruto de aquella experiencia es su obra* Diario de un testigo de la Guerra de África.

guerra de África abandona aquel sosiego de salones y sonrisas y se alista como soldado voluntario a las órdenes del general Ros de Olano.

La experiencia duró sólo algunos meses, pero el escritor granadino cerró su cuenta con «un balazo, dos cruces y un libro». El libro, escrito al filo de los combates y titulado *Diario de un testigo de la Guerra de África*, aportó fama y dinero al novelista. Las ventas alcanzaron cifras insospechadas en aquellos tiempos. Con los reales ganados, el autor se permitió un viaje de seis meses por Italia. Viaje de placer y de trabajo, ya que fue aprovechado para componer otro libro de éxito: *De Madrid a Nápoles*.

Una vez más, el novelista granadino se ha relanzado públicamente. Sus escritos le han dado renombre y amigos. Los principales personajes del momento —a algunos de los cuales acompañó en la expedición a África— le honran y le distinguen. Su pensamiento ideológico ha evolucionado. Ahora está

con los que detentan el poder. Al regreso de Italia vuelve al mundo de la política, integrándose en la Unión Liberal del general O'Donnell. Durante doce años, de 1861 a 1873, Alarcón deja a un lado la creación literaria para consagrarse a las tareas políticas y de partido. Como diputado y senador, participa en los principales conflictos y vaivenes de la actualidad de la época.

En 1865 contrajo matrimonio con Paulina Contreras y Reyes. Un año después, en 1866, es condenado a la pena del destierro por haber firmado una protesta de su partido contra el gobierno de Narváez. Durante algún tiempo permanece en París para luego regresar, confinado, a Granada.

La Revolución del 68 le lleva junto al general Serrano, al que sigue en su campaña hacia Madrid. Es nombrado ministro plenipotenciario en Suecia y

*Alarcón, como diputado y senador, vivió toda la turbulenta vida política de su época. (La Restauración. Caricatura de La Flaca.)*

Noruega, pero no llegó a tomar posesión del cargo, ya que optó por su escaño de diputado.

La Restauración, cuyas tesis había defendido desde 1872, le nombró consejero de Estado, puesto que dejó al caer el ministerio de Cánovas del Castillo.

Su vuelta activa al mundo literario se produjo en 1873. En ese año publica *La Alpujarra,* y, poco a poco, se va distanciando de la actividad política. En catorce años, con una prodigalidad sorprendente, nos entrega lo más pulido y batallador de su obra narrativa: *El sombrero de tres picos* (1874); *El escándalo* (1875); *El niño de la bola* (1880); *El capitán Veneno* (1881); *La pródiga* (1882)... Esta última novela y la crítica subsiguiente, que se empleó sin piedad contra el autor y las tesis que sustentaba, acarrearon el enmudecimiento del novelista.

### Etapa final

En 1887 escribió Alarcón su último artículo. El hombre que en 1875 había sido propuesto para la Real Academia Española, y que ingresó al año siguiente leyendo un polémico *Discurso sobre la moral y el arte,* se apartaba de la vida activa y buscaba el retiro de su finca de Valdemoro, en las proximidades de Madrid. Las últimas «tesis» de sus libros y sus ideas, defendidas públicamente, le habían catalogado como escritor reaccionario y «ultramontano». En torno a su obra, en los últimos tiempos, se forma lo que él llamaba «la conspiración del silencio».

A partir de 1887, Alarcón comenzó a enfermar. Un año más tarde sufrió un ataque de hemiplejía, que se repitió en otras ocasiones. Finalmente, falleció el 19 de julio de 1891.

# CUESTIONES

► *¿Qué importancia histórica tuvo el año 1833, fecha del nacimiento de Alarcón?*

► *¿Qué tendencias políticas se enfrentaron durante el reinado de Isabel II?*

► *¿Cómo estaba estructurada la burguesía española hacia la mitad del siglo XIX?*

► *¿Quiénes se beneficiaron con la Desamortización?*

► *¿Qué tipo de reformas promueve el «krausismo»?*

► *¿Qué movimientos literarios se desarrollaron a lo largo del siglo XIX?*

► *¿Cómo evolucionó Alarcón ideológicamente?*

► *¿En qué hechos militares participó el novelista de Guadix?*

► *Literariamente, ¿cuáles fueron los años más fecundos de Alarcón?*

# CRITERIO DE ESTA EDICIÓN

Para la presente edición hemos seguido la de las *Obras completas,* de Ed. Fax (Madrid, 1968, 3ª ed.), con un comentario preliminar de L. Martínez Kleiser y biografía del autor por M. Catalina. Asimismo hemos tenido presente la edición de *El sombrero de tres picos* de Arcadio López-Casanova (Ed. Cátedra, Madrid, 1977, 3ª ed.) y la de Vicente Gaos (Ed. Espasa Calpe, «Clásicos Castellanos», Madrid, 1975).

# EL SOMBRERO DE TRES PICOS

# I

## DE CUÁNDO SUCEDIÓ LA COSA

Comenzaba este largo siglo, que ya va de vencida[1]. No se sabe fijamente el año: sólo consta que era después del de 4 y antes del de 8▼.

5 Reinaba, pues, todavía en España don Carlos IV de Borbón; por la gracia de Dios, según las monedas, y por olvido o gracia especial de Bonaparte, según los boletines franceses. Los demás soberanos europeos descendientes de Luis XIV[2] habían perdido ya la corona (y el

10 jefe de ellos la cabeza) en la deshecha borrasca que corría esta envejecida parte del mundo[3] desde 1789[4].

Ni paraba aquí la singularidad de nuestra patria en aquellos tiempos. El Soldado de la Re-

15 volución, el hijo de un oscuro abogado corso, el vencedor en Rívoli, en las Pirámides, en Marengo y en otras cien batallas▼▼, acababa de ceñirse la corona de Carlo Magno[5] y de transfigurar completamente la Europa, creando y su-

20 primiendo naciones, borrando fronteras, inventando dinastías y haciendo mudar de forma, de nombre, de sitio, de costumbres y hasta

[1] Que pronto finalizará.

[2] Rey de Francia (1643-1715).

[3] Se refiere a Europa.

[4] Año de la Revolución Francesa.

[5] Rey de los francos (742-814).

▼ El autor trata de fijar la fecha en que pudieron suceder los hechos. Se trata de dar más credibilidad al relato y al mismo tiempo buscarle un marco temporal apropiado.

▼▼ En todo este párrafo se habla de Napoleón (el Soldado de la Revolución, etc.) y se mencionan sus principales victorias (Rívoli, las Pirámides, Marengo...). Carlomagno fue coronado emperador en la Navidad del año 800; Napoleón se ciñó la corona del Imperio en diciembre de 1804.

de traje a los pueblos por donde pasaba en su corcel de guerra como un terremoto animado, o como el Antecristo[6], que le llamaban las Potencias del Norte... Sin embargo, nuestros padres (Dios les tenga en su santa Gloria), lejos de odiarlo o de temerle, complacíanse aún en ponderar sus descomunales hazañas, como si se tratase del héroe de un libro de caballerías, o de cosas que sucedían en otro planeta, sin que ni por asomo recelasen que pensara nunca en venir por acá a intentar las atrocidades que había hecho en Francia, Italia, Alemania y en otros países. Una vez por semana (y dos a lo sumo) llegaba el correo de Madrid a la mayor parte de las poblaciones importantes de la Península llevando algún número de la *Gaceta*[7] (que tampoco era diaria), y por ella sabían las personas principales (suponiendo que la *Gaceta* hablase del particular) si existía un estado más o menos allende[8] del Pirineo, si se había reñido otra batalla en que peleasen seis u ocho reyes y emperadores, y si Napoleón se hallaba en Milán, en Bruselas o en Varsovia... Por lo demás, nuestros mayores seguían viviendo a la antigua española, sumamente despacio, apegados a sus rancias costumbres, en paz y en gracia de Dios, con su Inquisición▼ y sus frailes, con su pintoresca desigualdad ante la ley, con sus privilegios, fueros[9] y exenciones personales, con su carencia de toda libertad municipal o política, gobernados simultáneamente por insignes obispos y poderosos corregidores (cuyas respectivas potestades no era muy fácil des-

[6] Anticristo.

[7] Periódico oficial del Gobierno.

[8] De la parte de allá.

[9] Privilegios o inmunidades.

▼ La Inquisición perduró hasta el año 1820. En 1823 se estableció en su lugar un Tribunal de la Fe, que desapareció finalmente en 1834.

lindar, pues unos y otros se metían en lo temporal y en lo eterno), y pagando diezmos, primicias, alcabalas, subsidios, mandas y limos-
nas forzosas, rentas, rentillas, capitaciones, ter-
cias reales, gabelas, frutos civiles[10], y hasta cin-
60  cuenta tributos más, cuya nomenclatura no
viene a cuento ahora.

[10] Distintos tipos de tributos.

Y aquí termina todo lo que la presente historia tiene que ver con la militar y política de
aquella época; pues nuestro único objeto, al re-
65  ferir lo que entonces sucedía en el mundo, ha
sido venir a parar a que el año de que se trata
(supongamos que el de 1805) imperaba todavía en España el Antiguo Régimen[11] en todas
las esferas de la vida pública y particular▼,
70  como si, en medio de tantas novedades y tras-
tornos, el Pirineo se hubiese convertido en otra
muralla de la China.

[11] Régimen anterior a la Revolución Francesa.

▼ El autor evoca un modelo de sociedad perteneciente a la época en que aún se
mantenían en España las estructuras del Antiguo Régimen. La Constitución de
1812 intentó cambiar aquel tipo de sociedad.

## II

## DE CÓMO VIVÍA ENTONCES LA GENTE

[1] Personas distinguidas.

[2] Misa celebrada a primera hora de la mañana.

[3] Taza pequeña.

[4] Rebanadas de pan tostadas con manteca o fritas.

[5] El que hace de cabeza del cabildo después del prelado.

[6] Por excelencia.

[7] Al instante.

En Andalucía▼, por ejemplo (pues precisamente aconteció en una ciudad de Andalucía lo que vais a oír), las personas de suposición[1] continuaban levantándose muy temprano; yendo a la Catedral a misa de prima[2], aunque no fuese día de precepto: almorzando, a las nueve, un huevo frito y una jícara[3] de chocolate con picatostes[4]; comiendo, de una a dos de la tarde, puchero y principio, si había caza, y, si no, puchero sólo; durmiendo la siesta después de comer; paseando luego por el campo; yendo al rosario, entre dos luces, a su respectiva parroquia; tomando otro chocolate a la oración (éste con bizcochos); asistiendo los muy encopetados a la tertulia del corregidor, del deán[5], o del título que residía en el pueblo; retirándose a casa a las ánimas; cerrando el portón antes del toque de la queda; cenando ensalada y guisado por antonomasia[6], si no habían entrado boquerones frescos, y acostándose incontinenti[7] con su señora, los que la tenían, no sin hacerse calentar primero la cama durante nueve meses del año...

¡Dichosísimo tiempo aquel▼▼ en que nuestra tierra seguía en quieta y pacífica posesión de

75

80

85

90

95

▼ En el capítulo anterior el autor ha situado la acción en el tiempo (la época, en general). Aquí cambia de plano para acercarnos al lugar donde van a desarrollarse los hechos.

▼▼ El Alarcón de 1874 parece rememorar con nostalgia, no exenta de ironía, aquellos tiempos pasados en que la vida de las gentes estaba presidida, a su entender, por unos ideales de quietud y concordia.

todas las telarañas, de todo el polvo, de toda la
polilla, de todos los respetos, de todas las creen-
100   cias, de todas las tradiciones, de todos los usos
y de todos los abusos santificados por los siglos! ¡Dichosísimo tiempo aquel en que había
en la sociedad humana variedad de clases, de
afectos y de costumbres! ¡Dichosísimo tiempo,
105   digo..., para los poetas especialmente, que en-
contraban un entremés, un sainete, una comedia, un drama, un auto sacramental o una épo-
peya detrás de cada esquina, en vez de esta pro-
saica uniformidad y desabrido realismo que
110   nos legó al cabo la Revolución Francesa! ¡Dichosísimo tiempo, sí!...

Pero esto es volver a las andadas. Basta ya de
generalidades y de circunloquios[8], y entremos▼
resueltamente en la historia del *Sombrero de*
115   *tres picos.*

---
[8] Rodeo de palabras.

---

▼ En este segundo capítulo se nos muestra ya la intención del narrador: su papel conductor ante los lectores.

## III

¹ Locución latina:
«doy para que me
des».

### «DO UT DES»¹

En aquel tiempo, pues, había cerca de la ciudad de▼... un famoso molino harinero (que ya
no existe), situado como a un cuarto de legua²
de la población, entre el pie de suave colina po-
blada de guindos y cerezos y una fertilísima         120
huerta que servía de margen (y algunas veces
de lecho) al titular intermitente y traicionero
río▼▼.

² La legua equivale a
5,572 km.

Por varias y diversas razones, hacía ya algún
tiempo que aquel molino era el predilecto         125
punto de llegada y descanso de los paseantes
más caracterizados de la mencionada ciudad...
Primeramente, conducía a él un camino carre-
tero, menos intransitable que los restantes de
aquellos contornos. En segundo lugar, delante         130
del molino había una plazoletilla empedrada,
cubierta por un parral enorme, debajo del cual
se tomaba muy bien el fresco en el verano y el
sol en el invierno, merced a la alternada ida y
venida de los pámpanos³... En tercer lugar, el         135
Molinero era un hombre muy respetuoso, muy
discreto, muy fino, que tenía lo que se llama
don de gentes, y que obsequiaba a los señoro-

³ Tallos nuevos de la
vid.

‖‖‖‖‖‖‖‖‖‖‖‖‖‖‖‖‖‖‖‖‖‖‖‖‖‖‖‖‖‖‖‖‖‖‖‖‖‖‖‖‖‖‖‖‖‖‖‖‖‖‖‖‖‖‖‖‖‖‖‖‖‖‖‖‖‖‖‖‖‖‖‖‖‖‖‖‖‖‖

▼ En la primera edición, aparecida en la *Revista Europea*, se decía: «perteneciente al reino de Granada y cabeza de corregimiento». Aunque posteriormente
parece difuminarse la localización del lugar, el párrafo suprimido nos lleva el pensamiento a Guadix, patria chica del escritor.

▼▼ La descripción del paraje nos devuelve el viejo tópico renacentista del «locus
amoenus» o lugar deleitoso, apartado, tranquilo...

nes que solían honrarlo con su tertulia vesper-
140  tina[4], ofreciéndoles... lo que daba el tiempo,
ora habas verdes, ora cerezas y guindas, ora le-
chugas en rama y sin sazonar (que están muy
buenas cuando se las acompaña de macarros[5]
de pan de aceite; macarros que se encargaban
145  de enviar por delante sus señorías), ora melo-
nes, ora uvas de aquella misma parra que les
servía de dosel[6], ora rosetas[7] de maíz, si era invierno, y castañas asadas, y almendras, y nueces, y de vez en cuando, en las tardes muy frías,
150  un trago de vino de pulso[8] (dentro ya de la casa
y al amor de la lumbre), a lo que por Pascuas
se solía añadir algún pestiño[9], algún mantecá-
do, algún rosco o alguna lonja de jamón
alpujarreño▼.

155  —¿Tan rico era el Molinero, o tan impruden-
tes sus tertulianos? —exclamaréis interrum-
piéndome.

Ni lo uno ni lo otro. El Molinero sólo tenía
un pasar, y aquellos caballeros eran la delica-
160  deza y el orgullo personificados. Pero en unos
tiempos en que se pagaban cincuenta y tantas
contribuciones diferentes a la Iglesia y al Estado, poco arriesgaba un rústico de tan claras luces como aquél en tenerse ganada la voluntad
165  de regidores[10], canónigos, frailes, escribanos y
demás personas de campanillas. Así es que no
faltaba quien dijese que el tío Lucas (tal era el
nombre del Molinero) se ahorraba un dineral
al año a fuerza de agasajar a todo el mundo.

---

[4] Perteneciente a la tarde.

[5] Bollos de pan y aceite, largos y estrechos.

[6] Antepuerta.

[7] Granos de maíz abiertos en forma de flor.

[8] Con la bota o el porrón en alto.

[9] Masa frita, formada con harina y huevos y bañada con miel.

[10] Concejales.

▼ La facilidad del escritor para utilizar procedimientos retóricos es asombrosa. Observa las figuras literarias que aparecen en estas líneas.

170   —«Vuestra Merced me va a dar una puertecilla
vieja de la casa que ha derribado», decíale a
uno. «Vuestra Señoría (decíale a otro) va a
mandar que me rebajen el subsidio, o la alca-
bala o la contribución de frutos-civiles.»
175   «Vuestra Reverencia me va a dejar coger en la
huerta del convento una poca hoja para mis
gusanos de seda.» «Vuestra Ilustrísima me va
a dar permiso para traer una poca leña del
monte X.» «Vuestra Paternidad me va a poner
180   dos letras para que me permitan cortar una
poca madera en el pinar H.» «Es menester que
me haga usarcé[11] una escriturilla que no me          [11] Usted.
cueste nada.» «Este año no puedo pagar el cen-
so.» «Espero que el pleito se falle a mi favor.»
185   «Hoy le he dado de bofetadas a uno, y creo que
debe ir a la cárcel por haberme provocado.»
«¿Tendría su merced tal cosa de sobra?» «¿Le
sirve a usted de algo tal otra?» «¿Me puede pres-
tar la mula?» «¿Tiene ocupado mañana el ca-
190   rro?» «¿Le parece que envíe por el burro?...▾

Y estas canciones se repetían a todas horas, ob-
teniendo siempre por contestación un genero-
so y desinteresado... «Como se pide.»
Conque ya veis que el tío Lucas no estaba en
195   camino de arruinarse.

▾ Como característica de la sociedad evocada y de esta economía de trueque que
se describe, destaca el trato paternalista del superior y el servilismo de los
inferiores.

IV

## UNA MUJER VISTA POR FUERA

La última y acaso la más poderosa razón que
tenía el señorío de la ciudad para frecuentar
por las tardes el molino del tío Lucas, era...
que, así los clérigos como los seglares, empezando por el señor Obispo y el señor Corregi-        200
dor, podían contemplar allí a sus anchas una
de las obras más bellas, graciosas y admirables
que hayan salido jamás de las manos de Dios,
llamado entonces el Ser Supremo por Jovella-
nos [1] y toda la escuela afrancesada de nuestro     205
país.

Esta obra... se denomina la «señá [2] Frasquita».

Empiezo por responderos de que la señá Frasquita, legítima esposa del tío Lucas, era una
mujer de bien, y de que así lo sabían todos los     210
ilustres visitantes del molino. Digo más: ninguno de éstos daba muestras de considerarla
con ojos de varón ni con trastienda pecamino-
sa. Admirábanla, sí, y requebrábanla en ocasiones (delante de su marido, por supuesto), lo     215
mismo los frailes que los caballeros, los canónigos que los golillas [3], como un prodigio de
belleza que honraba a su Criador, y como una
diablesa de travesura y coquetería, que alegra-
ba inocentemente los espíritus más melancóli-      220
cos. «Es un hermoso animal», solía decir el vir-
tuosísimo prelado. «Es una estatua de la anti-
güedad helénica» [4], observaba un abogado muy
erudito, académico correspondiente de la Historia. «Es la propia estampa de Eva», prorrum-     225

---

[1] Literato y político español (1744-1811)

[2] Señora.

[3] Curial o empleado de los tribunales.

[4] Griega.

pía el prior[5] de los franciscanos. «Es una real
moza», exclamaba el coronel de milicias. «Es
una sierpe[6], una sirena, ¡un demonio!», aña-
día el Corregidor. «Pero es una buena mujer,
230 es un ángel, es una criatura, es una chiquilla
de cuatro años», acababan por decir todos, al
regresar del molino, atiborrados de uvas o de
nueces, en busca de sus tétricos y metódicos
hogares.

235 La chiquilla de cuatro años, esto es, la señá
Frasquita, frisaría[7] en los treinta. Tenía más
de dos varas[8] de estatura, y era recia a propor-
ción, o quizá más gruesa todavía de lo correspondiente a su arrogante talla. Parecía una
240 Níobe[9] colosal, y eso que no había tenido hijos: parecía un Hércules[10]... hembra; parecía
una matrona romana de las que aún hay ejem-
plares en el Trastevere[11]. Pero lo más notable
en ella era la movilidad, la ligereza, la anima-
245 ción, la gracia de su respetable mole. Para ser
una estatua▼, como pretendía el académico, le
faltaba un reposo monumental. Se cimbraba[12]
como un junco, giraba como una veleta, bai-
laba como una peonza. Su rostro era más mo-
250 vible todavía, y, por lo tanto, menos escultural. Avivábanlo donosamente hasta cinco ho-
yuelos: dos en una mejilla; otro, en otra; otro,
muy chico, cerca de la comisura izquierda de
sus rientes labios, y el último, muy grande, en
255 medio de su redonda barba. Añadid a esto los
picarescos mohínes[13], los graciosos guiños y
las varias posturas de cabeza que amenizaban

5 Superior de un con-
vento.

6 Serpiente.

7 Se acercaría.

8 Medida de longitud
equivalente a 835,9
milímetros.

9 Esposa de Anfión,
rey de Tebas. Tras la
muerte de sus hijos
fue convertida en
roca.

10 Hijo de Júpiter y
Alcmena, famoso por
su fuerza.

11 Barrio de Roma.

12 Doblaba el cuerpo
de un lado para otro.

13 Muecas, gestos.

||||||||||||||||||||||||||||||||||||||||||||||||||||||||||||||||||||||||||||||||||||||||||||||||||||||||||||||

▼ Se ha señalado que en la creación de este personaje confluyen algunos tópicos. La descripción evoca un modelo de belleza muy clásico y bastante frecuente
en la novelística de la época.

su conversación, y formaréis idea de aquella cara llena de sal y de hermosura y radiante
260 siempre de salud y alegría.

Ni la señá Frasquita ni el tío Lucas eran andaluces[▼]: ella era navarra y él murciano. Él había ido a la ciudad de..., a la edad de quince años, como medio paje, medio criado del obis-
265 po anterior al que entonces gobernaba aquella iglesia. Educábalo su protector para clérigo, y tal vez con esta mira, y para que no careciese de congrua[14], dejóle en su testamento el molino; pero el tío Lucas, que a la muerte de Su
270 Ilustrísima, no estaba ordenado más que de menores[15], ahorcó los hábitos en aquel punto y hora[▼▼], y sentó plaza de soldado, más ganoso[16] de ver mundo y correr aventuras que de decir misa o de moler trigo. En 1793 hizo la campa-
275 ña de los Pirineos Occidentales, como ordenanza del valiente general don Ventura Caro[17]; asistió al asalto del Castillo Piñón[18] y permaneció luego largo tiempo en las provincias del Norte, donde tomó la licencia absoluta. En Es-
280 tella[19] conoció a la señá Frasquita, que entonces sólo se llamaba Frasquita; la enamoró; se casó con ella, y se la llevó a Andalucía en busca de aquel molino que había de verlos tan pacíficos y dichosos durante el resto de su pere-
285 grinación por este valle de lágrimas y risas.

La señá Frasquita, pues, trasladada de Navarra a aquella soledad, no había adquirido nin-

14 Renta, paga.

15 Órdenes sagradas que se reciben antes de hacerse sacerdote.

16 Más deseoso.

17 Militar español (1742-1809).

18 Se refiere a «Chateau Pignon», en territorio francés.

19 Ciudad de Navarra.

[▼] Es curioso este detalle. El autor evitó el andalucismo de sus personajes quizá para huir de limitaciones y localismos.

[▼▼] Recuérdese que también el autor estudió en el seminario durante algunos años. ¿Podría establecerse algún paralelismo entre personaje y autor?

gún hábito andaluz, y se diferenciaba mucho
de las mujeres campesinas de los contornos.
Vestía con más sencillez, desenfado y elegan-          290
cia que ellas; lavaba más sus carnes, y permi-
tía al sol y al aire acariciar sus arremangados
brazos y su descubierta garganta. Usaba, hasta
cierto punto, el traje de las señoras de aquella
época, el traje de las mujeres de Goya, el traje     295
de la reina María Luisa▾: si no falda de medio
paso, falda de un paso solo, sumamente corta,
que dejaba ver sus menudos pies y el arranque
de su soberana pierna; llevaba el escote redon-
do y bajo, al estilo de Madrid, donde se detuvo      300
dos meses con su Lucas al trasladarse de Navarra a Andalucía; todo el pelo recogido en lo
alto de la coronilla, lo cual dejaba campear la
gallardía de su cabeza y de su cuello; sendas
arracadas[20] en las diminutas orejas, y muchas      305
sortijas en los afilados dedos de sus duras pero
limpias manos. Por último, la voz de la señá
Frasquita tenía todos los tonos del más exten-
so y melodioso instrumento, y su carcajada era
tan alegre y argentina, que parecía un repique      310
de Sábado de Gloria[21].

Retratemos ahora al tío Lucas.

[20] Pendientes.

[21] Sábado anterior al Domingo de Resurrección.

▾ Se refiere a Mª Luisa de Parma (1751-1818). En este pasaje Alarcón menciona también a Goya, cuya pintura pudo influir, aunque es poco probable, en la concepción de tipos y escenas de *El sombrero*.

## V

## UN HOMBRE VISTO POR FUERA
## Y POR DENTRO▼

El tío Lucas era más feo que Picio[1]. Lo había sido toda su vida, y ya tenía cerca de cuarenta
315 años. Sin embargo, pocos hombres tan simpáticos y agradables habrá echado Dios al mundo. Prendado de su viveza, de su ingenio y de su gracia, el difunto obispo se lo pidió a sus padres, que eran pastores, no de almas, sino de
320 verdaderas ovejas. Muerto Su Ilustrísima, y dejado que hubo el mozo el seminario por el cuartel, distinguiólo entre todo su ejército el general Caro, y lo hizo su ordenanza más íntimo, su verdadero criado de campaña. Cumplido,
325 en fin, el empeño militar, fuele tan fácil al tío Lucas rendir el corazón de la señá Frasquita, como fácil le había sido captarse el aprecio del general y del prelado. La navarra, que tenía a la sazón[2] veinte abriles, y era el ojo derecho
330 de todos los mozos de Estella, algunos de ellos bastante ricos, no pudo resistir a los continuos donaires[3], a las chistosas ocurrencias, a los ojillos de enamorado mono y a la bufona y constante sonrisa, llena de malicia, pero
335 también de dulzura, de aquel murciano tan atrevido, tan locuaz, tan avisado[4], tan dispuesto, tan valiente y tan gracioso, que acabó por trastornar el juicio, no sólo a la codiciada beldad, sino también a su padre y a su madre.

[1] Prototipo de fealdad.

[2] En aquel momento, entonces.

[3] Dichos graciosos, chistes.

[4] Prudente, astuto.

▼ En el título, el autor hace referencia al doble tipo de descripción que piensa hacer del personaje.

Lucas era en aquel entonces, y seguía siendo 340
en la fecha a que nos referimos, de pequeña estatura (a lo menos con relación a su mujer),
un poco cargado de espaldas, muy moreno,
barbilampiño[5], narigón, orejudo y picado de
viruelas. En cambio, su boca era regular y su 345
dentadura inmejorable. Dijérase que sólo la
corteza de aquel hombre era tosca y fea; que
tan pronto como empezaba a penetrarse dentro de él aparecían sus perfecciones, y que estas perfecciones principiaban en los dientes. 350
Luego venía la voz, vibrante, elástica[6], atracti-
va; varonil y grave algunas veces, dulce y me-
losa cuando pedía algo, y siempre difícil de resistir. Llegaba después lo que aquella voz decía: todo oportuno, discreto, ingenioso, per- 355
suasivo... Y, por último, en el alma del tío Lucas había valor, lealtad, honradez, sentido común, deseo de saber y conocimientos instinti-
vos o empíricos[7] de muchas cosas, profundo
desdén a los necios, cualquiera que fuese su ca- 360
tegoría social, y cierto espíritu de ironía, de
burla y de sarcasmo[8], que le hacían pasar, a
los ojos del académico, por un don Francisco
de Quevedo[9] en bruto▼.

Tal era por dentro y por fuera el tío Lucas. 365

[5] Que tiene poca o ninguna barba.

[6] Flexible, modulada.

[7] Que se fundamentan en la experiencia.

[8] Burla, ironía mordaz.

[9] Escritor y político español (1580-1645).

||||||||||||||||||||||||||||||||||||||||||||||||||||||||||||||||||||||||||||||||||||||||||||||||||||||||||||||||||||||||||||||||||||||

▼ Las alusiones a Quevedo parecen confirmar la influencia del gran humorista en este relato; sobre todo en algunas descripciones y en la sarcástica comicidad de ciertas escenas.

## COMENTARIO 1 (Cap. V)

► *¿Qué formas de expresión literaria se utilizan en este capítulo? ¿Qué pretende con ellas el autor?*

► *Señala las distintas partes del contenido.*

► *¿Cómo es la descripción que Alarcón hace de su personaje?*

► *¿Qué cualidades del tío Lucas enamoraron a su mujer?*

► *El autor recurre con frecuencia a la enumeración. Señala algunos ejemplos sacados de este capítulo y explica la importancia de su empleo.*

► *Señala los contrastes en el texto. ¿Qué valor tienen?*

► *Explica la presencia de los adjetivos calificativos en estas líneas.*

► *Localiza algún modismo que aparezca en el texto y comenta su empleo.*

## VI

## HABILIDADES DE LOS DOS CÓNYUGES

Amaba, pues, locamente la señá Frasquita al tío Lucas, y considerábase la mujer más feliz del mundo al verse adorada por él. No tenían hijos, según ya sabemos, y habíase consagrado cada uno a cuidar y mimar al otro con esmero indecible, pero sin que aquella tierna solicitud ostentase el carácter sentimental y empalago- so, por lo zalamero[1], de casi todos los matri- monios sin sucesión. Al contrario, tratábanse con una llaneza, una alegría, una broma y una confianza semejantes a las de aquellos niños, camaradas de juegos y diversiones, que se quie- ren con toda el alma sin decírselo jamás, ni darse a sí mismos cuenta de lo que sienten.

¡Imposible que haya habido sobre la tierra mo- linero mejor peinado, mejor vestido, más rega- lado en la mesa, rodeado de más comodidades en su casa, que el tío Lucas! ¡Imposible que ninguna molinera ni ninguna reina haya sido objeto de tantas atenciones, de tantos agasajos, de tantas finezas como la señá Frasquita! ¡Im- posible también que ningún molino haya en- cerrado tantas cosas necesarias, útiles, agrada- bles, recreativas y hasta superfluas, como el que va a servir de teatro a casi toda la presente historia▼!

[1] Que hace caricias o halagos.

---

▼ La profusión de exclamaciones y repeticiones caracteriza el estilo de esta narración.

Contribuía mucho a ello que la señá Frasquita, la pulcra, hacendosa, fuerte y saludable navarra, sabía, quería y podía guisar, coser, bor-
395   dar, barrer, hacer dulce, lavar, planchar, blan-
quear la casa, fregar el cobre, amasar, tejer, hacer media, cantar, bailar, tocar la guitarra y los
palillos, jugar a la brisca y al tute[2], y otras mu-
chísimas cosas cuya relación fuera intermina-
400   ble. Y contribuía no menos al mismo resulta-
do el que el tío Lucas sabía, quería y podía di-
rigir la molienda, cultivar el campo, cazar, pes-
car, trabajar de carpintero, de herrero y de al-
bañil, ayudar a su mujer en todos los queha-
405   ceres de la casa, leer, escribir, contar, etc., etc.▼

Y esto sin hacer mención de los ramos de lujo,
o sea, de sus habilidades extraordinarias.

Por ejemplo: el tío Lucas adoraba las flores (lo
mismo que su mujer), y era floricultor tan con-
410   sumado que había conseguido producir ejem-
plares nuevos por medio de laboriosas combi-
naciones. Tenía algo de ingeniero natural, y lo
había demostrado construyendo una presa, un
sifón[3], y un acueducto que triplicaron el agua
415   del molino. Había enseñado a bailar a un perro, domesticado una culebra, y hecho que un
loro diese la hora por medio de gritos, según
las iba marcando un reloj de sol que el molinero había trazado en una pared; de cuyas re-
420   sultas, el loro daba ya la hora con toda preci-

[2] Juegos de cartas.

[3] Canal cerrado que sirve para hacer pasar el agua por un punto inferior a sus dos extremos.

▼ El empleo de las enumeraciones es constante a lo largo de las páginas de la obra. Destaca en ese párrafo la acumulación de adjetivos y de formas verbales.

sión, hasta en los días nublados y durante la noche[v].

Finalmente, en el molino había una huerta, que producía toda clase de frutas y legumbres; un estanque encerrado en una especie de quios-    425
co de jazmines, donde se bañaban en verano el tío Lucas y la señá Frasquita; un jardín; una estufa o invernadero para las plantas exóticas[4]; una fuente de agua potable; dos burras[vv] en que el matrimonio iba a la ciudad o a los pueblos    430
de las cercanías; gallinero, palomar, pajarera, criadero de peces, criadero de gusanos de seda; colmenas, cuyas abejas libaban en los jazmi-nes; jaraíz o lagar, con su bodega correspon-diente, ambas cosas en miniatura; horno, telar,    435
fragua, taller de carpintería, etc., etc., todo ello reducido a una casa de ocho habitaciones y a dos fanegas[5] de tierra, y tasado en la cantidad de diez mil reales[vvv].

[4] De origen extraño.

[5] Medida de la super-ficie agraria que equivale a 64 áreas y 596 miliáreas.

[v]Si en el párrafo anterior, en lo que se refiere a labores habituales, existe cierto equilibrio —expresado de forma paralelística— entre las cualidades de los dos es-posos, en cuanto a habilidades extraordinarias destacan, sobre todo, las del tío Lucas.

[vv]Aparecen las dos asnas que jugarán un papel importante dentro del contexto de comicidad y juego en que se inscribe esta historia.

[vvv]Como puede verse, la vida de este humilde matrimonio está llena de atracti-vos. La intención del autor recoge el viejo tema del elogio de aldea.

VII

## EL FONDO DE LA FELICIDAD

440    Adorábanse, sí, locamente el molinero y la mo-
       linera, y aún se hubiera creído que ella lo que-
       ría más a él que él a ella, no obstante ser él tan
       feo y ella tan hermosa. Dígolo porque la señá
       Frasquita solía tener celos y pedirle cuentas al
445    tío Lucas cuando éste tardaba mucho en regre-
       sar de la ciudad o de los pueblos adonde iba a
       por grano, mientras que el tío Lucas veía has-
       ta con gusto las atenciones de que era objeto
       la señá Frasquita por parte de los señores que
450    frecuentaban el molino; se ufanaba y regocija-
       ba de que a todos les agradase tanto como a él,
       y, aunque comprendía que en el fondo del co-
       razón se la envidiaban algunos de ellos, la co-
       diciaban como simples mortales y hubieran
455    dado cualquier cosa porque fuera menos mu-
       jer de bien, la dejaba sola días enteros sin el
       menor cuidado, y nunca le preguntaba luego
       qué había hecho ni quién había estado allí du-
       rante su ausencia...

460    No consistía aquello, sin embargo, en que el
       amor del tío Lucas fuese menos vivo que el de
       la señá Frasquita. Consistía en que él tenía más
       confianza en la virtud de ella que ella en la de
       él; consistía en que él la aventajaba en pene-
465    tración, y sabía hasta qué punto era amado y
       cuánto se respetaba su mujer a sí misma; y con-
       sistía principalmente en que el tío Lucas era
       todo un hombre: un hombre como el de Sha-
       kespeare[1], de pocos e indivisibles sentimientos;
470    incapaz de dudas; que creía o moría; que ama-

----

[1] Dramaturgo inglés (1564-1616).

ba o mataba; que no admitía gradación ni tránsito entre la suprema felicidad y el exterminio de su dicha.

Era, en fin, un Otelo[2] de Murcia, con alpargatas y montera, en el primer acto de una tragedia posible▼... 475

Pero ¿a qué estas notas lúgubres[3] en una tonadilla alegre? ¿A qué estos relámpagos fatídicos en una atmósfera tan serena? ¿A qué estas actitudes melodramáticas[4] en un cuadro de género[5]▼▼? 480

Vais a saberlo inmediatamente.

[2] Personaje teatral creado por Shakespeare, prototipo del celoso.

[3] Tristes.

[4] Relativo al melodrama o drama con música.

[5] Cuadro costumbrista, de costumbres.

▼ En la mente del novelista está presente la concepción teatral de la historia. Se puede observar la ironía de Alarcón al presentar al molinero como un «Otelo de Murcia con alpargatas».

▼▼ Al final de este capítulo, el narrador excita el interés de los lectores con esas interrogaciones retóricas: la referencia a Otelo y el anuncio de una «tragedia».

## VIII

## EL HOMBRE DEL SOMBRERO DE TRES PICOS[▼]

Eran las dos[▼▼] de una tarde de octubre.

El esquilón de la catedral tocaba a vísperas[1], lo cual equivale a decir que ya habían comido todas las personas principales de la ciudad.

Los canónigos se dirigían al coro, y los seglares, a sus alcobas a dormir la siesta, sobre todo aquellos que por razón de oficio, por ejemplo, las autoridades, habían pasado la mañana entera trabajando.

Era, pues, muy de extrañar que a aquella hora, impropia además para dar un paseo, pues todavía hacía demasiado calor, saliese de la ciudad, a pie, y seguido de un solo alguacil, el ilustre señor Corregidor de la misma, a quien no podía confundirse con ninguna otra persona, ni de día ni de noche, así por la enormidad de su sombrero de tres picos y por lo vistoso de su capa de grana[2], como por lo particularísimo de su grotesco donaire[3]...

De la capa de grana y del sombrero de tres picos, son muchas todavía las personas que pu-

[1] Una de las horas del oficio divino, entre las 18 y las 21.

[2] Color rojo oscuro.

[3] Gallardía al andar.

[▼] Este tipo de sombrero era «de ala levantada por tres puntos, formando como tres picos» (Cf. A. López-Casanova: en su ed. de El sombrero, Ed. Cátedra). El uso de este sombrero se extendió tras el decreto de Esquilache que prohibía el sombrero chambergo, de ala ancha, y que dio origen al famoso motín de 1766.

[▼▼] El narrador señala el comienzo del tiempo de la acción. Las referencias al tiempo son numerosas a lo largo de la obra.

dieran hablar con pleno conocimiento de causa. Nosotros entre ellas, lo mismo que todos los nacidos en aquella ciudad en las postrimerías[4] del reinado del señor don Fernando VII, recordamos haber visto colgados de un clavo, único adorno de desmantelada pared, en la ruinosa torre de la casa que habitó Su Señoría (torre destinada a la sazón a los infantiles juegos de sus nietos), aquellas dos anticuadas prendas, aquella capa y aquel sombrero —el negro sombrero encima, y la roja capa debajo—, formando una especie de espectro[5] del Absolutismo▼, una especie de sudario[6] del Corregidor, una especie de caricatura retrospectiva de su poder, pintada con carbón y almagre, como tantas otras, por los párvulos constitucionales de la de 1837 que allí nos reuníamos; una especie, en fin, de espanta-pájaros, que en otro tiempo había sido espanta-hombres, y que hoy me da miedo de haber contribuido a escarnecer[7], paseándolo, por aquella histórica ciudad, en días de Carnestolendas[8], en lo alto de un deshollinador[9], o sirviendo de disfraz irrisorio al idiota que más hacía reír a la plebe[10]... ¡Pobre principio de autoridad! ¡Así te hemos puesto los mismos que hoy te invocamos tanto▼▼!

En cuanto al indicado grotesco donaire del señor Corregidor, consistía (dicen) en que era cargado de espaldas..., todavía más cargado de

[4] Últimos años de su vida.

[5] Visión o aparición fantasmal.

[6] Sábana en que se envuelve un cadáver.

[7] Burlarse, mofarse de uno.

[8] Carnaval.

[9] Utensilio para deshollinar chimeneas.

[10] Pueblo, estado llano

▼ La capa y el sombrero eran los símbolos del Absolutismo y juegan un importante papel en el significado total de la narración.

▼▼ La ideología del escritor evolucionó constantemente desde el recuerdo de aquellas «constitucionales de 1837». Tras una juventud revolucionaria derivó hacia un moderantismo de signo conservador.

espaldas que el tío Lucas..., casi jorobado, por
decirlo de una vez; de estatura menos que me-
535  diana; endeblillo, de mala salud; con las piernas arqueadas y una manera de andar *sui ge-
neris*[11] (balanceándose de un lado a otro y de
atrás hacia adelante), que sólo se puede describir con la absurda fórmula de que parecía cojo
540  de los dos pies. En cambio (añade la tradición),
su rostro era regular, aunque ya bastante arru-
gado por la falta absoluta de dientes y muelas;

......................................
[11] Peculiar, original.

moreno verdoso, como el de casi todos los hijos de las Castillas; con grandes ojos oscuros,
en que relampagueaban la cólera, el despotis-   545
mo y la lujuria; con finas y traviesas facciones,
que no tenían la expresión del valor personal,
pero sí la de una malicia artera[12] capaz de todo,
y con cierto aire de satisfacción, medio aristocrático, medio libertino, que revelaba que   550
aquel hombre habría sido, en su remota juventud, muy agradable y acepto a las mujeres, no
obstante sus piernas y su joroba.

Don Eugenio de Zúñiga y Ponce de León (que
así se llamaba Su Señoría) había nacido en Ma-   555
drid▾, de familia ilustre; frisaría a la sazón los
cincuenta y cinco años, y llevaba cuatro de Corregidor en la ciudad de que tratamos, donde
se casó, a poco de llegar, con la principalísima
señora que diremos más adelante.   560

Las medias de don Eugenio (única parte que,
además de los zapatos, dejaba ver de su vestido
la extensísima capa de grana) eran blancas, y
los zapatos negros, con hebillas de oro. Pero
luego que el calor del campo lo obligó a de-   565
sembozarse, vidose[13] que llevaba gran corbata
de batista[14]; chupa de sarga[15] de color de tórtola, muy festoneada de ramillos verdes, bor-
dados de realce; calzón corto, negro, de seda;
una enorme casaca de la misma estofa[16] que la   570
chupa; espadín con guarnición de acero; bastón con borlas, y un respetable par de guantes
(o quirotecas) de gamuza pajiza, que no se po-
nía nunca y que empuñaba a guisa de cetro.

[12] Astuta, malinten-
cionada.

[13] Viose.

[14] Tela de hilo muy
fina.

[15] Especie de chaleco
con cuatro faldillas y
mangas ajustadas.

[16] Calidad.

---

▾ Tampoco es andaluz el Corregidor. Su origen y la ironía que rezuma su presentación parece reflejar una postura de rechazo del centralismo político.

575  El alguacil, que seguía veinte pasos de distan-
     cia al señor Corregidor, se llamaba Garduña,
     y era la propia estampa de su nombre. Flaco,
     agilísimo; mirando adelante y atrás y a dere-
     cha e izquierda al propio tiempo que andaba;
580  de largo cuello; de diminuto y repugnante ros-
     tro, y con dos manos como dos manojos de dis-
     ciplinas, parecía juntamente un hurón en bus-
     ca de criminales, la cuerda que había de atar-
     los, y el instrumento destinado a su castigo▼.

585  El primer corregidor que le echó la vista enci-
     ma, le dijo sin más informes: «Tú serás mi ver-
     dadero alguacil...» Y ya lo había sido de cua-
     tro corregidores.

     Tenía cuarenta y ocho años, y llevaba sombre-
590  ro de tres picos, mucho más pequeño que el
     de su señor (pues repetimos que el de éste era
     descomunal), capa negra como las medias y
     todo el traje, bastón sin borlas, y una especie
     de asador por la espalda.

595  Aquel espantajo negro parecía la sombra de su
     vistoso amo.

─────────────────────────────────────────────────────────

▼ Observa la descripción de este personaje: ¿Existe alguna relación con el «dó-
mine Cabra» que aparece en *El Buscón*, de Quevedo?

## IX
## ¡ARRE, BURRA▼!

Por donde quiera que pasaban el personaje y
su apéndice, los labradores dejaban sus faenas
y se descubrían hasta los pies, con más miedo
que respeto; después de lo cual decían en voz      600
baja:

—¡Temprano va esta tarde el señor Corregidor
a ver a la señá Frasquita!

—¡Temprano... y solo! —añadían algunos,
acostumbrados a verlo siempre dar aquel pa-        605
seo en compañía de otras varias personas.

—Oye, tú, Manuel, ¿por qué irá solo esta tarde
el señor Corregidor a ver a la navarra? —le preguntó una lugareña[1] a su marido, el cual la llevaba a grupas[2] en la bestia.                       610
Y, al mismo tiempo que la pregunta, le hizo
cosquillas por vía del retintín.

—¡No seas mal pensada, Josefa! —exclamó el
buen hombre— La señá Frasquita es incapaz

—No digo lo contrario... Pero el Corregidor no    615
es por eso incapaz de estar enamorado de ella...
Yo he oído decir que, de todos los que van a
las francachelas[3] del molino, el único que lle-

[1] Habitante de una
población pequeña.

[2] A ancas de la ca-
ballería.

[3] Reuniones alegres y
ruidosas.

▼ El autor aprovecha una frase del final del capítulo para titular este pasaje. La
expresión encierra un fuerte sabor popular.

va mal fin es ese madrileño tan aficionado a
620 faldas▼...

—¿Y qué sabes tú si es o no aficionado a faldas? —preguntó a su vez el marido.

—No lo digo por mí... ¡Ya se hubiera guardado, por más corregidor que sea, de decirme los
625 ojos tienes negros!

La que así hablaba era fea en grado super-
lativo.

—Pues mira, hija, ¡allá ellos! —replicó el llamado Manuel—. Yo no creo al tío Lucas hom-
630 bre de consentir... ¡Bonito genio tiene el tío
Lucas cuando se enfada!...

—Pero, en fin, ¡si ve que le conviene!... —añadió la tía Josefa, retorciendo el hocico.

—El tío Lucas es un hombre de bien... —repu-
635 so el lugareño—; y a un hombre de bien nunca pueden convenirle ciertas cosas...

—Pues entonces, tienes razón. ¡Allá ellos! ¡Si
yo fuera la señá Frasquita!...

—¡Arre, burra! —gritó el marido para mudar
640 de conversación.

Y la burra salió al trote; con lo que no pudo
oírse el resto del diálogo.

▼ A través del diálogo de estos dos desconocidos, el autor nos da a conocer los
comentarios del pueblo en torno a las andanzas del Corregidor.

## COMENTARIO 2 (Cap. IX)

► *¿Qué formas de expresión literaria ha empleado el autor en este capítulo? ¿Cuál de ellas predomina? ¿Por qué?*

► *¿Cuál es el tema de la conversación de los dos lugareños?*

► *¿Qué notas destacarías de la personalidad de cada uno de estos personajes?*

► *En el texto aparecen algunos gentilicios: ¿Cuáles son? ¿Encuentras algún valor expresivo en su empleo?*

► *¿Qué función cumplen los puntos suspensivos?*

► *Señala los vocativos que encuentres en el texto y explica su empleo.*

► *¿Qué expresiones destacarías como más propias del lenguaje coloquial?*

► *Señala las frases que sobresalgan por estar empleadas con ironía o sarcasmo.*

## X

## DESDE LA PARRA

645 Mientras[▼] así discurrían los labriegos que saludaban al señor Corregidor, la señá Frasquita regaba y barría cuidadosamente la plazoletilla empedrada que servía de atrio o compás[1] al molino, y colocaba media docena de sillas debajo de lo más espeso del emparrado, en el cual estaba subido el tío Lucas, cortando los mejo-
650 res racimos y arreglándolos artísticamente en una cesta.

> [1] Atrio de los conventos o iglesias.

—¡Pues sí, Frasquita! —decía el tío Lucas desde lo alto de la parra—: el señor Corregidor está enamorado de ti de muy mala manera...

655 —Ya te lo dije yo hace tiempo —contestó la mujer del Norte—. Pero ¡déjalo que pene! ¡Cuidado, Lucas, no te vayas a caer!
—Descuida: estoy bien agarrado...; también le gustas mucho al señor...

660 —¡Mira! ¡No me des más noticias! —interrumpió ella—. ¡Demasiado sé yo a quién le gusto y a quién no le gusto! ¡Ojalá supiera del mismo modo por qué no te gusto a ti!

—¡Toma! Porque eres muy fea... —contestó el
665 tío Lucas.

—Pues oye... ¡fea y todo, soy capaz de subir a la parra y echarte de cabeza al suelo!...

---

[▼] La acción de este capítulo es simultánea a la del anterior. Alarcón rompe la linealidad del tiempo y utiliza un recurso propio de la épica.

—Más fácil sería que yo no te dejase bajar de la parra sin comerte viva.

—¡Eso es!... ¡Y cuando vinieran mis galanes y nos viesen ahí, dirían que éramos un mono y una mona! 670

—Y acertarían; porque tú eres muy mona y muy rebonita, y yo parezco un mono con esta joroba... 675

—Que a mí me gusta muchísimo...

—Entonces te gustará más la del Corregidor, que es mayor que la mía...

—¡Vamos! ¡Vamos!, señor don Lucas... ¡No tenga usted tantos celos▼! 680

—¿Celos yo de ese viejo pétate[2]? ¡Al contrario; me alegro muchísimo de que te quiera!...

—¿Por qué?

—Porque en el pecado lleva la penitencia. ¡Tú no has de quererlo nunca, y yo soy entre tanto 685 el verdadero Corregidor de la ciudad!

—¡Miren el vanidoso! Pues figúrate que llegase a quererlo... ¡Cosas más raras se ven en el mundo!

—Tampoco me daría gran cuidado... 690

—¿Por qué?

—¡Porque entonces tú ya no serías tú; y no siendo tú quien eres, o como yo creo que eres, maldito lo que me importaría que te llevasen los demonios! 695

2 Hombre despreciable.

▼ La protagonista pasa del «tú» al «usted» para indicar enojo o reproche.

—Pues bien, ¿qué harías en semejante caso?

—¿Yo? ¡Mira lo que no sé!... Porque, como entonces yo sería otro y no el que soy ahora, no puedo figurarme lo que pensaría...

—¿Y por qué serías entonces otro? —insistió valientemente la señá Frasquita, dejando de barrer y poniéndose en jarras para mirar hacia arriba.

El tío Lucas se rascó la cabeza, como si escarbara para sacar de ella alguna idea muy profunda, hasta que al fin dijo con más seriedad y pulidez que de costumbre:

—Sería otro porque yo soy ahora un hombre que cree en ti como en sí mismo, y que no tiene más vida que esa fe. De consiguiente, al dejar de creer en ti me moriría o me convertiría en un nuevo hombre; viviría de otro modo; me parecería que acababa de nacer; tendría otras entrañas. Ignoro, pues, lo que haría entonces contigo... Puede que me echara a reír y te volviera la espalda... Puede que ni siquiera te conociese... Puede que... Pero, ¡vaya un gusto que tenemos en ponernos de mal humor sin necesidad! ¿Qué nos importa a nosotros que te quieran todos los corregidores del mundo? ¿No eres tú mi Frasquita?

—¡Sí, pedazo de bárbaro! —contestó la navarra, riendo a más no poder—. Yo soy tu Frasquita, y tú eres mi Lucas de mi alma, más feo que el bu[3], con más talento que todos los hombres, más bueno que el pan, y más querido... ¡Ah, lo que es eso de querido, cuando bajes de la parra lo verás! ¡Prepárate a llevar más bofetadas y pellizcos que pelos tienes en la cabeza!

[3] Fantasma imaginario con que se asusta a los niños.

730 Pero, ¡calla! ¿Qué es lo que veo? El señor Corregidor viene por allí completamente solo...
¡Y tan tempranito!... Ese trae plan... ¡Por lo
visto, tú tenías razón!...

—Pues aguántate, y no le digas que estoy su-
735 bido en la parra. ¡Ese viene a declararse a solas
contigo, creyendo pillarme durmiendo la siesta!... Quiero divertirme oyendo su explicación.

Así dijo el tío Lucas, alargando la cesta a su
mujer.

740 —¡No está mal pensado! —exclamó ella, lan-
zando nuevas carcajadas—. ¡El demonio del
madrileño! ¿Qué se habrá creído que es un corregidor para mí? Pero aquí llega... Por cierto
que Garduña, que lo seguía a alguna distan-
745 cia, se ha sentado en la ramblilla[4] a la sombra... ¡Qué majadería! Ocúltate tú bien entre
los pámpanos, que nos vamos a reír más de lo
que te figuras▼...

Y, dicho esto, la hermosa navarra rompió a
750 cantar el fandango[5], que ya le era tan familiar
como las canciones de su tierra.

[4] Cauce natural de las aguas de lluvia.

[5] Música y coplas del folklore andaluz.

▼ El diálogo desprende frescura y espontaneidad. Abundan vocablos y expresiones del habla coloquial.

## XI

## EL BOMBARDEO DE PAMPLONA▼

—Dios te guarde, Frasquita... —dijo el Corregidor a media voz, apareciendo bajo el emparrado y andando de puntillas.

—¡Tanto bueno, señor Corregidor! —respondió ella en voz natural, haciéndole mil reverencias— ¡Usía por aquí a estas horas! ¡Y con el calor que hace! ¡Vaya, siéntese Su Señoría!... Esto está fresquito. ¿Cómo no ha aguardado Su Señoría a los demás señores? Aquí tienen ya preparados sus asientos... Esta tarde esperamos al señor Obispo en persona, que le ha prometido a mi Lucas venir a probar las primeras uvas de la parra. ¿Y cómo lo pasa Su Señoría? ¿Cómo está la señora?

El Corregidor se había turbado. La ansiada soledad en que encontraba a la señá Frasquita le parecía un sueño, o un lazo que le tendía la enemiga suerte para hacerle caer en el abismo de un desengaño.

Limitóse, pues, a contestar:

—No es tan temprano como dices... Serán las tres y media...

El loro dio en aquel momento un chillido.

755

760

765

770

---

▼ El título resume el contenido del capítulo. El Corregidor inicia el asedio a la Molinera. Recordemos que la señá Frasquita es navarra y que Pamplona es la capital de Navarra.

775 —Son las dos y cuarto —dijo la navarra, mirando de hito en hito[1] al madrileño.

Éste calló, como reo convicto que renuncia a la defensa.

—¿Y Lucas? ¿Duerme? —preguntó al cabo de
780 un rato.

(Debemos advertir aquí que el Corregidor, lo mismo que todos los que no tienen dientes, hablaba con una pronunciación floja y sibilante, 785 como si se estuviese comiendo sus propios labios.)

—¡De seguro! —contestó la señá Frasquita—. En llegando estas horas se queda dormido donde primero le coge, aunque sea en el borde de 790 un precipicio...

—Pues, mira... ¡déjalo dormir!... —exclamó el viejo Corregidor, poniéndose más pálido de lo que ya era—. Y tú, mi querida Frasquita, escúchame..., oye..., ven acá... ¡Siéntate aquí, a 795 mi lado!... Tengo muchas cosas que decirte...

—Ya estoy sentada —respondió la Molinera, agarrando una silla baja y plantándola delante del Corregidor, a cortísima distancia de la suya.

800 Sentado que se hubo, Frasquita echó una pierna sobre la otra, inclinó el cuerpo hacia adelante, apoyó un codo sobre la rodilla cabalgadora, y la fresca y hermosa cara en una de sus manos; y así, con la cabeza un poco ladea-805 da, la sonrisa en los labios, los cinco hoyos en actividad, y las serenas pupilas clavadas en el Corregidor, aguardó la declaración de Su Se-

ñoría. Hubiera podido comparársela con Pamplona esperando un bombardeo▼.

El pobre hombre fue a hablar, y se quedó con la boca abierta, embelesado ante aquella grandiosa hermosura, ante aquella esplendidez de gracias, ante aquella formidable mujer, de alabastrino[2] color, de lujosas carnes, de limpia y riente boca, de azules e insondables ojos, que parecía creada por el pincel de Rubens[3].                     815

—¡Frasquita!... —murmuró al fin el delegado del rey, con acento desfallecido, mientras que su marchito rostro, cubierto de sudor, destacándose sobre su joroba, expresaba una inmensa angustia—. ¡Frasquita!...                          820

—¡Me llamo! —contestó la hija de los Pirineos▼▼—. ¿Y qué?

—Lo que tú quieras... —repuso el viejo con una ternura sin límites.                                825

—Pues lo que yo quiero... —dijo la Molinera—, ya lo sabe Usía[4]. Lo que yo quiero es que Usía nombre secretario del Ayuntamiento de la ciudad a un sobrino mío que tengo en Estella..., y que así podrá venirse de aquellas      830 montañas, donde está pasando muchos apuros...

—Te he dicho, Frasquita, que eso es imposible. El secretario actual...

—¡Es un ladrón, un borracho y un bestia!      835

810

[2] Del color del alabastro.

[3] Pintor flamenco (1577-1640).

[4] Vuestra señoría.

---

▼ El autor nos presenta a la protagonista como una ciudad (Pamplona) que espera un bombardeo. Una vez más, destaca la riqueza de recursos estilísticos de Alarcón.

▼▼ Conviene resaltar el juego de perífrasis y alusiones.

—Ya lo sé... Pero tiene buenas aldabas[5] entre los regidores perpetuos, y yo no puedo nombrar otro sin acuerdo del Cabildo[6]. De lo contrario, me expongo...

840   —¡Me expongo!... ¡Me expongo!... ¿A qué no nos expondríamos por Vuestra Señoría hasta los gatos de esta casa?

—¿Me querrías a ese precio? —tartamudeó el Corregidor.

845   —No, señor; que lo quiero a Usía de balde.

—¡Mujer, no me des tratamiento! Háblame de usted o como se te antoje... ¿Conque vas a quererme? Di.

—¿No le digo a usted que lo quiero ya?

850   —Pero...

—No hay pero que valga. ¡Verá usted qué guapo y qué hombre de bien es mi sobrino!

—¡Tú si que eres guapa, Frascuela!

—¿Le gusto a usted?

855   —¡Que si me gustas!... ¡No hay mujer como tú!

—Pues mire usted... Aquí no hay nada postizo... —contestó la señá Frasquita, acabando de arrollar la manga de su jubón, y mostrando al Corregidor el resto de su brazo, digno de una
860   cariátide[7] y más blanco que una azucena.

—¡Que si me gustas!... —prosiguió el Corregidor—. ¡De día, de noche, a todas horas, en todas partes, sólo pienso en ti!...

—¡Pues qué! ¿No le gusta a usted la señora Co-
865   rregidora? —preguntó la señá Frasquita con

[5] Influencias.

[6] Ayuntamiento.

[7] Estatua de mujer que sirve de columna.

tan mal fingida compasión, que hubiera hecho reír a un hipocondríaco[8]—. ¡Qué lástima!
Mi Lucas me ha dicho que tuvo el gusto de ver-
la y de hablarle cuando fue a componerle a usted el reloj de la alcoba, y que es muy guapa,          870
muy buena, y de un trato muy cariñoso.

—¡No tanto! ¡No tanto! —murmuró el Corregidor con cierta amargura.

—En cambio, otros me han dicho —prosiguió
la Molinera— que tiene muy mal genio, que          875
es muy celosa y que usted le tiembla más que
a una vara verde...

—¡No tanto, mujer!... —repitió don Eugenio
de Zúñiga y Ponce de León, poniéndose colo-
rado—. ¡Ni tanto ni tan poco! La Señora tiene          880
sus manías, es cierto...; más de ello a hacerme
temblar, hay mucha diferencia. ¡Yo soy el
Corregidor!....

—Pero, en fin, ¿la quiere usted, o no la quiere?

—Te diré... Yo la quiero mucho... o, por me-          885
jor decir, la quería antes de conocerte. Pero desde que te vi, no sé lo que me pasa, y ella misma conoce que me pasa algo... Bástete saber
que hoy... tomarle, por ejemplo, la cara a mi
mujer me hace la misma operación que si me          890
la tomara a mí propio... ¡Ya ves, que no puedo quererla más ni sentir menos!... ¡Mientras
que por coger esa mano, ese brazo, esa cara, esa
cintura, daría lo que no tengo!

Y, hablando así, el Corregidor trató de apode-          895
rarse del brazo desnudo que la señá Frasquita
le estaba refregando materialmente por los
ojos; pero ésta, sin descomponerse, extendió la
mano, tocó el pecho de Su Señoría con la pa-

900 cífica violencia e incontrastable rigidez de la
trompa de un elefante, y lo tiró de espaldas con
silla y todo.

—¡Ave María Purísima! —exclamó entonces la
navarra, riéndose a más no poder—. Por lo vis-
905 to, esa silla estaba rota...

—¿Qué pasa ahí? —exclamó en esto el tío Lucas, asomando su feo rostro entre los pámpanos de la parra.

El Corregidor estaba todavía en el suelo boca
910 arriba, y miraba con un terror indecible a aquel
hombre que aparecía en los aires boca abajo.

Hubiérase dicho que Su Señoría era el diablo,
vencido, no por San Miguel, sino por otro demonio del Infierno▾.

915 —¿Qué ha de pasar? —se apresuró a responder
la señá Frasquita—. ¡Que el señor Corregidor
puso la silla en vago[9], fue a mecerse y se ha
caído!...

—¡Jesús, María y José! —exclamó a su vez el
920 Molinero—. ¿Y se ha hecho daño Su Señoría?
¿Quiere un poco de agua y vinagre?

—¡No me he hecho nada! —exclamó el Corregidor, levantándose como pudo.

Y luego añadió por lo bajo, pero de modo que
925 pudiera oírlo la señá Frasquita:

—¡Me la pagaréis!

[9] Sin apoyo suficien-
te.

▾ Referencia a las representaciones en que aparece el demonio vencido por el Ar-
cángel San Miguel. La imagen resulta de una gran plasticidad y comicidad.

—Pues, en cambio, Su Señoría me ha salvado
a mi la vida —repuso el tío Lucas sin moverse
de lo alto de la parra—. Figúrate, mujer, que
estaba yo aquí sentado contemplando las uvas,      930
cuando me quedé dormido sobre una red de
sarmientos y palos que dejaban claros suficien-
tes para que pasase mi cuerpo... Por consiguiente, si la caída de Su Señoría no me hubiese despertado tan a tiempo, esta tarde me ha-   935
bría yo roto la cabeza contra esas piedras.

—Conque sí..., ¿eh?... —replicó el Corregidor—. Pues, ¡vaya, hombre!, me alegro... ¡Te
digo que me alegro mucho de haberme caído!

—¡Me la pagarás! —agregó en seguida, diri-   940
giéndose a la Molinera.

Y pronunció estas palabras con tal expresión
de reconcentrada furia, que la señá Frasquita
se puso triste.

Veía claramente que el Corregidor se asustó al   945
principio, creyendo que el Molinero había
oído todo; pero que persuadido ya de que no
había oído nada (pues la calma y el disimulo
del tío Lucas hubieran engañado al más lin-
ce), empezaba a abandonarse a toda su iracun-   950
dia[10] y a concebir planes de venganza.

—¡Vamos! ¡Bájate ya de ahí y ayúdame a lim-
piar a Su Señoría, que se ha puesto perdido de
polvo! —exclamó entonces la Molinera.

Y mientras el tío Lucas bajaba, díjole ella al   955
Corregidor, dándole golpes con el delantal en
la chupa y alguno que otro en las orejas:

—El pobre no ha oído nada... Estaba dormido
como un tronco...

960 Más que estas frases, la circunstancia de haber
sido dichas en voz baja, afectando complicidad
y secreto, produjo un efecto maravilloso.

—¡Pícara! ¡Proterva[11]! —balbuceó don Eugenio de Zúñiga con la boca hecha un agua, pero
965 gruñendo todavía...

—¿Me guardará Usía rencor? —replicó la navarra zalameramente.

Viendo el Corregidor que la severidad le daba
buenos resultados, intentó mirar a la señá Fras-
970 quita con mucha rabia; pero se encontró con
su tentadora risa y sus divinos ojos, en los cuales brillaba la caricia de una súplica, y derri-
tiéndosele la gacha[12] en el acto, le dijo con un
acento baboso y silbante, en que se descubría
975 más que nunca la ausencia total de dientes y
muelas:

—¡De ti depende, amor mío[▼]!

En aquel momento se descolgó de la parra el
tío Lucas.

[11] Mala, perversa.

[12] Deshaciéndose en zalamerías.

---

▼ El contraste entre la expresión radiante de la Molinera y el acoso repulsivo del enamorado, resalta la oportunidad de esta frase que, en el contexto, produce hilaridad y sarcasmo.

## XII

## DIEZMOS Y PRIMICIAS[▾]

Repuesto el Corregidor en su silla, la Moline- 980
ra dirigió una rápida mirada a su esposo y vio-
le, no sólo tan sosegado como siempre, sino re-
ventando de ganas de reír por resultas de aquella ocurrencia; cambió con él desde lejos un
beso tirado, aprovechando el primer descuido 985
de don Eugenio, y díjole, en fin, a éste con una
voz de sirena que le hubiera envidiado Cleo-
patra[1]:

—¡Ahora va Su Señoría a probar mis uvas!

Entonces fue de ver a la hermosa navarra (y así 990
la pintaría yo, si tuviese el pincel de Tiziano)[2],
plantada enfrente del embelesado Corregidor,
fresca, magnífica, incitante, con sus nobles formas, con su angosto vestido, con su elevada estatura, con sus desnudos brazos levantados so- 995
bre la cabeza, y con un transparente racimo en
cada mano, diciéndole, entre una sonrisa irre-
sistible y una mirada suplicante en que titila-
ba[3] el miedo:

—Todavía no las ha probado el señor Obis- 1000
po... Son las primeras que se cogen este año...

Parecía una gigantesca Pomoma[4], brindando
frutos a un dios campestre; a un sátiro, por
ejemplo[▾▾].

[1] Reina de Egipto (99-30 a. C.)

[2] Pintor veneciano (1487-1576).

[3] Se agitaba con temblor.

[4] Diosa romana de los frutos y los jardines.

[▾] El título hace referencia a uno de los mandamientos de la Iglesia. En la narración se destaca la presencia rectora de la Iglesia en la vida de la época.

[▾▾] En ocasiones aparece alguna alusión a la mitología y también, como en este
caso, la evocación de aquellas damas exuberantes de la pintura clásica.

1005  En esto apareció al extremo de la plazoleta empedrada el venerable Obispo de la diócesis,
acompañado del abogado académico y de dos
canónigos[5] de avanzada edad, y seguido de su
secretario, de dos familiares y de dos pajes.

1010  Detúvose un rato Su Ilustrísima a contemplar
aquel cuadro tan cómico y tan bello, hasta que,
por último, dijo con el reposado acento propio de los prelados de entonces:

—El quinto, pagar diezmos y primicias a la
1015  Iglesia de Dios, nos enseña la doctrina cristiana; pero usted, señor Corregidor, no se conten-
ta con administrar el diezmo, sino que también
trata de comerse las primicias.

—¡El señor Obispo! —exclamaron los moline-
1020  ros, dejando al Corregidor y corriendo a besar
el anillo al prelado.

—¡Dios se lo pague a Su Ilustrísima, por venir
a honrar esta pobre choza! —dijo el tío Lucas,
besando el primero, y con acento de muy sin-
1025  cera veneración.

—¡Qué señor Obispo tengo tan hermoso! —exclamó la señá Frasquita, besando después—.
¡Dios lo bendiga y me lo conserve más años
que le conservó el suyo a mi Lucas!

1030  —¡No sé qué falta puedo hacerte, cuanto tú me
echas las bendiciones, en vez de pedírmelas!
—contestó riéndose el bondadoso pastor.

Y, extendiendo dos dedos, bendijo a la señá
Frasquita y después a los demás circunstantes.

1035  —¡Aquí tiene Usía Ilustrísima las primicias!
—dijo el Corregidor, tomando un racimo de
manos de la Molinera y presentándoselo cortés

[5] Eclesiásticos que ocupan cargos en una catedral.

al Obispo—. Todavía no había yo probado las uvas...

1040 El Corregidor pronunció estas palabras, dirigiendo de paso una rápida y cínica mirada a la espléndida hermosura de la Molinera.

—¡Pues no será porque estén verdes, como las de la fábula! —observó el académico▼.

1045 —Las de la fábula —expuso el Obispo— no estaban verdes, señor licenciado; sino fuera del alcance de la zorra.

Ni el uno ni el otro habían querido acaso aludir al Corregidor; pero ambas frases fueron casualmente tan adecuadas a lo que acababa de 1050 suceder allí, que don Eugenio de Zúñiga se puso lívido[6] de cólera, y dijo, besando el anillo del prelado:

—¡Eso es llamarme zorro, Señor Ilustrísimo!

1055 —*Tu dixisti!*[7] —replicó éste con la afable severidad de un santo, como diz[8] que lo era en efecto—. *Excutatio non petita, accusatio manifesta*[9]. *Qualis vir, talis oratio*[10]. Pero *satio jam dictum, nullus ultra sit sermo*[11]. O, lo que 1060 es lo mismo, dejémonos de latines, y veamos esas famosas uvas▼▼.

Y picó... una sola vez... en el racimo que le presentaba el Corregidor.

6 Pálido.

7 «Tú dijiste».

8 Dícese.

9 «Excusa no pedida, acusación clara».

10 «Como es el hombre, así es el discurso».

11 «Ya se ha hablado bastante; no haya más conversación.»

---

▼ Se refiere a la conocida fábula de *La zorra y las uvas*, del griego Esopo. Nótese la ironía y la habilidad del escritor para introducir este diálogo.

▼▼ El latín era la lengua oficial de la Iglesia. De ahí la frecuencia de frases latinas en boca del obispo.

—¡Están muy buenas! —exclamó mirando
aquella uva al trasluz y alargándosela en seguida a su secretario—. ¡Lástima que a mí me          1065
sienten mal!

El secretario contempló también la uva; hizo
un gesto de cortesana admiración, y la entregó
a uno de los familiares.

El familiar repitió la acción del Obispo y el          1070
gesto del secretario, propasándose hasta oler la
uva, y luego... la colocó en la cesta con escru-
puloso cuidado, no sin decir en voz baja a la
concurrencia:

—Su Ilustrísima ayuna...                               1075

El tío Lucas, que había seguido la uva con la
vista, la cogió entonces disimuladamente, y se
la comió sin que nadie lo viera▾.

Después de esto, sentáronse todos: hablóse de
la otoñada (que seguía siendo muy seca, no      1080
obstante haber pasado el cordonazo de San
Francisco[12]); discurrióse algo sobre la probabi-
lidad de una nueva guerra entre Napoleón y el
Austria; insistióse en la creencia de que las tropas imperiales no invadirían nunca el territo-    1085
rio español; quejóse el abogado de lo revuelto
y calamitoso de aquella época, envidiando los
tranquilos tiempos de sus padres (como sus padres habrían envidiado los de sus abuelos)▾▾;
dio las cinco el loro..., y, a una seña del reve-   1090

<hr>

[12] Borrasca que se produce al comenzar el otoño.

▾ Tras la referencia a la fábula, la uva ha adquirido un valor metafórico. De ahí
que, finalmente, vaya a parar a su verdadero dueño, el tío Lucas.

▾▾ Alarcón nos recuerda el viejo tópico de que todo tiempo pasado fue mejor.

rendo Obispo, el menor de los pajes fue al coche episcopal (que se había quedado en la misma ramblilla que el alguacil), y volvió con una
magnífica torta sobada, de pan de aceite, pol-
1095   voreada de sal, que apenas haría una hora había salido del horno; colocóse una mesilla en
medio del concurso; descuartizóse la torta; se
dio su parte correspondiente, sin embargo de
que se resistieron mucho, al tío Lucas y a la
1100   señá Frasquita..., y una igualdad verdaderamente democrática reinó durante media hora
bajo aquellos pámpanos que filtraban los últimos resplandores del sol poniente...

## XIII

## LE DIJO EL GRAJO AL CUERVO▾

Hora y media después todos los ilustres compañeros de merienda estaban de vuelta en la          1105
ciudad.

El señor Obispo y su familia habían llegado
con bastante anticipación, gracias al coche, y
hallábanse ya en palacio, donde los dejaremos
rezando sus devociones.                               1110

El insigne abogado (que era muy seco) y los
dos canónigos (a cual más grueso y respetable)
acompañaron al Corregidor hasta la puerta del
Ayuntamiento (donde Su Señoría dijo tener
que trabajar), y tomaron luego el camino de          1115
sus respectivas casas, guiándose por las estrellas, como los navegantes, o sorteando a tien-
tas las esquinas, como los ciegos; pues ya había cerrado la noche, aún no había salido la
luna, y el alumbrado público (lo mismo que       1120
las demás luces de este siglo), todavía estaba
allí en la mente divina.

En cambio, no era raro ver discurrir por algunas calles tal o cual linterna o farolillo con que
respetuoso servidor alumbraba a sus magnífi-     1125
cos amos, quienes se dirigían a la habitual tertulia o de visita a casa de sus parientes...

---

▾ Nuevamente el detalle humorístico en la caracterización de personajes y la presencia en el título de la referencia a otra fábula de Esopo.

Cerca de casi todas las rejas bajas se veía (o se olfateaba, por mejor decir) un silencioso bulto

1130 negro▼. Eran galanes que, al sentir pasos, habían dejado por un momento de pelar la pava[1]...

[1] Tener pláticas amorosas entre mozos y mozas.

—¡Somos unos calaveras! —iban diciendo el abogado y los dos canónigos—. ¿Qué pensarán

1135 en nuestras casas al vernos llegar a estas horas?

—Pues ¿qué dirán los que nos encuentren en la calle, de este modo, a las siete y pico de la noche, como unos bandoleros amparados de las tinieblas?

1140 —Hay que mejorar de conducta...

—¡Ah! Sí... ¡Pero ese dichoso molino!...

—Mi mujer lo tiene sentado en la boca del estómago... —dijo el académico, con un tono en que se traslucía mucho miedo a la próxima pe-

1145 lotera conyugal.

—Pues ¿y mi sobrina? —exclamó uno de los canónigos, que por cierto era penitenciario[2]—. Mi sobrina dice que los sacerdotes no deben visitar comadres...

[2] Confesor de la catedral.

1150 —Y, sin embargo —interrumpió su compañero, que era magistral[3]—, lo que allí pasa no puede ser más inocente.

[3] Predicador oficial del cabildo catedralicio.

—¡Toma! ¡Como que va el mismísimo Obispo!

▼ En pocas líneas, el autor recoge el encanto y la nostalgia de la noche andaluza.

—Y luego, señores, ¡a nuestra edad!... —repu- 1155
so el penitenciario—. Yo he cumplido ayer los
setenta y cinco.

—¡Es claro! —replicó el magistral—. Pero hablemos de otra cosa: ¡qué guapa estaba esta tarde la señá Frasquita! 1160

—¡Oh, lo que es eso...; como guapa, es guapa!
—dijo el abogado, afectando imparcialidad.

—Muy guapa... —replicó el penitenciario dentro del embozo[4].

—Y si no —añadió el predicador de Oficio—, 1165
que se lo pregunten al Corregidor.

—¡El pobre hombre está enamorado de ella!...

—¡Ya lo creo! —exclamó el confesor de la
catedral.

—¡De seguro! —agregó el académico corres- 1170
pondiente—. Conque, señores, yo tomo por
aquí para llegar antes a casa... ¡Muy buenas
noches!

—Buenas noches... —le contestaron los ca-
pitulares[5]. 1175

Y anduvieron algunos pasos en silencio.

—¡También le gusta a ése la Molinera! —murmuró entonces el magistral, dándole con el
codo al penitenciario.

—¡Como si lo viera! —respondió éste, parán- 1180
dose a la puerta de su casa—. ¡Y qué bruto es!
Conque, hasta mañana, compañero. Que le
sienten a usted muy bien las uvas.

—Hasta mañana, si Dios quiere... Que pase usted muy buena noche. 1185

[4] Parte de la capa con que uno se cubre el rostro o parte de él.

[5] Pertenecientes al cabildo de la catedral.

—¡Buenas noches nos dé Dios! —rezó el penitenciario, ya desde el portal, que por más se-
ñas tenía farol y Virgen.

Y llamó a la aldaba[6].

......................................
[6] Picaporte, llama-
dor

1190 Una vez solo en la calle, el otro canónigo (que
era más ancho que alto, y que parecía que ro-
daba al andar) siguió avanzando lentamente
hacia su casa; pero, antes de llegar a ella, co-
metió contra una pared cierta falta que en el
1195 porvenir había de ser objeto de un bando de
policía[▼], y dijo al mismo tiempo, pensando sin
duda en su cofrade de coro:

—¡También te gusta a ti la señá Frasquita!...
¡Y la verdad es —añadió al cabo de un momen-
1200 to—, que, como guapa, es guapa!

‖‖‖‖‖‖‖‖‖‖‖‖‖‖‖‖‖‖‖‖‖‖‖‖‖‖‖‖‖‖‖‖‖‖‖‖‖‖‖‖‖‖‖‖‖‖‖‖‖‖‖‖‖‖‖‖‖‖‖‖‖‖‖‖‖‖‖‖‖‖‖‖‖‖‖‖

▼ El detalle escatológico, que podría resultar basto o vulgar, está tratado con la
suficiente gracia para que no parezca grosero.

## XIV

## LOS CONSEJOS DE GARDUÑA

Entre tanto[†], el Corregidor había subido al Ayuntamiento, acompañado de Garduña, con quien mantenía hacía rato, en el salón de sesiones, una conversación más familiar de lo correspondiente a persona de su calidad y oficio. 1205

—¡Crea Usía a un perro perdiguero que conoce la caza! —decía el innoble alguacil—. La señá Frasquita está perdidamente enamorada de Usía, y todo lo que Usía acaba de contarme contribuye a hacérmelo ver más claro que esa luz... 1210

Y señalaba un velón de Lucena[1], que apenas si esclarecía la octava parte del salón[††].

—¡No estoy yo tan seguro como tú, Garduña! —contestó don Eugenio, suspirando lánguidamente. 1215

—¡Pues no sé por qué! Y, si no, hablemos con franqueza. Usía (dicho sea con perdón) tiene una tacha en su cuerpo... ¿No es verdad?

—¡Bien, sí! —repuso el Corregidor—. Pero esa tacha la tiene también el tío Lucas. ¡Él es más jorobado que yo! 1220

[1] Lámpara de latón para aceite fabricada en Lucena (Córdoba).

---

[†] La acción es paralela a la del capítulo anterior. Se produce una nueva alteración en la linealidad del tiempo.

[††] Observa el tono irónico y burlesco: Garduña ve muy claro en un lugar donde apenas hay luz.

—¡Mucho más! ¡Muchísimo más!, ¡sin comparación de ninguna especie! Pero en cambio (y es a lo que iba), Usía tiene una cara de muy buen ver..., lo que se dice una bella cara..., mientras que el tío Lucas se parece al sargento Utrera[2], que reventó de feo.

El Corregidor sonrió con cierta ufanía[3].

—Además —prosiguió el alguacil—, la señá Frasquita es capaz de tirarse por una ventana con tal de agarrar el nombramiento de su sobrino...

—¡Hasta ahí estamos de acuerdo! ¡Ese nombramiento es mi única esperanza!

—¡Pues manos a la obra, señor! Ya le he explicado a Usía mi plan... ¡No hay más que ponerlo en ejecución esta misma noche!

—¡Te he dicho muchas veces que no necesito consejos! —gritó don Eugenio, acordándose de pronto de que hablaba con un inferior

—Creí que Usía me los había pedido —balbuceó Garduña.

—¡No me repliques!

Garduña saludó.

—¿Conque decías —prosiguió el de Zúñiga volviendo a amansarse—, que esta misma noche puede arreglarse todo eso? Pues, ¡mira, hijo!, me parece muy bien. ¡Qué diablos! ¡Así saldré pronto de esta cruel incertidumbre!

Garduña guardó silencio.

El Corregidor se dirigió al bufete[4] y escribió algunas líneas en un pliego de papel sellado, que

[2] Prototipo de fealdad.

[3] Arrogancia, vanidad.

[4] Mesa de escribir con cajones.

5 Bolsillo de las pren-
das de vestir.

6 Tabaco en polvo
para aspirarlo por las
narices.

7 Se armará una gran
trifulca.

selló también por su parte, guardándoselo lue-
go en la faltriquera[5].                                        1255

—¡Ya está hecho el nombramiento del sobrino! —dijo entonces, tomando un polvo de
rapé[6]—. ¡Mañana me las compondré yo con los
regidores..., y, o lo ratifican con un acuerdo, o
habrá la de San Quintín[7]! ¿No te parece que     1260
hago bien?

—¡Eso, eso! —exclamó Garduña entusiasmado, metiendo la zarpa en la caja del Corregidor y arrebatándole un polvo—. ¡Eso!, ¡eso! El antecesor de Usía no se paraba tampoco en barras. Cierta vez...

—¡Déjate de bachillerías[8]! —repuso el Corregidor, sacudiéndole una guantada en la ratera mano—. Mi antecesor era una bestia, cuando te tuvo de alguacil. Pero vamos a lo que importa. Acabas de decirme que el molino del tío Lucas pertenece al término del lugarcillo inmediato, y no al de esta población... ¿Estás seguro de ello?

—¡Segurísimo! La jurisdicción de la ciudad acaba en la ramblilla donde yo me senté esta tarde a esperar que Vuestra Señoría... ¡Voto a Lucifer! ¡Si yo hubiera estado en su caso!

—¡Basta! —gritó don Eugenio—. ¡Eres un insolente!

Y cogiendo media cuartilla de papel, escribió una esquela[9], cerróla, doblándole un pico, y se la entregó a Garduña.

—Ahí tienes —le dijo al mismo tiempo— la carta que me has pedido para el alcalde del lugar. Tú le explicarás de palabra todo lo que tiene que hacer. ¡Ya ves que sigo tu plan al pie de la letra! ¡Desgraciado de ti si me metes en un callejón sin salida!

—¡No hay cuidado! —contestó Garduña—. El señor Juan López tiene mucho que temer, y en cuanto vea la firma de Usía, hará todo lo que yo le mande. ¡Lo menos debe mil fanegas de grano al Pósito Real[10], y otro tanto al Pósito Pío[11]!... Esto último contra toda ley, pues no

---

[8] Charlatanería.

[9] Carta breve.

[10] Depósito municipal para préstamos a labradores y vecinos en condiciones módicas.

[11] Depósito de carácter caritativo o benéfico.

es ninguna viuda ni ningún labrador pobre
para recibir el trigo sin abonar creces ni recar-
go, sino un jugador, un borracho y un sinver-
güenza muy amigo de faldas, que trae escan-
dalizado al pueblecillo... ¡Y aquel hombre ejer-     1300
ce autoridad!... ¡Así anda el mundo▼!

—¡Te he dicho que calles! ¡Me estás distrayen-
do! —bramó el Corregidor—. Conque vamos
al asunto —añadió luego mudando el tono—.
Son las siete y cuarto... Lo primero que tienes    1305
que hacer es ir a casa y advertirle a la Señora
que no me espere a cenar ni a dormir. Dile que
esta noche me estaré trabajando aquí hasta la
hora de la queda[12], y que después saldré de ron-
da secreta contigo, a ver si atrapamos a ciertos   1310
malhechores... En fin, engáñala bien para que
se acueste descuidada. De camino, dile a otro
alguacil que me traiga la cena... ¡Yo no me
atrevo a aparecer esta noche delante de la señora, pues me conoce tanto, que es capaz de     1315
leer mis pensamientos! Encárgale a la cocinera que ponga unos pestiños de los que se hi-
cieron hoy, y dile a Juanete que, sin que lo vea
nadie, me alargue de la taberna medio cuartillo[13] de vino blanco. En seguida te marchas al     1320
lugar, donde puedes hallarte muy bien a las
ocho y media.

—¡A las ocho en punto estoy allí! —exclamó
Garduña.

—¡No me contradigas! —rugió el Corregidor,    1325
acordándose otra vez de que lo era.

Garduña saludó.

[12] Toque de retirada de los vecinos a sus casas.

[13] Mitad de medio litro.

▼ El autor deja traslucir el ambiente de corrupción en que se movía la sociedad que nos describe, así como el cinismo del alguacil.

—Hemos dicho —continuó aquél humanizándose de nuevo— que a las ocho en punto estás
1330 en el lugar. Del lugar al molino habrá... Yo creo que habrá una media legua...

—Corta.

—¡No me interrumpas!

El alguacil volvió a saludar.

1335 —Corta... —prosiguió el Corregidor—. Por consiguiente, a las diez... ¿Crees tú que a las diez?

—¡Antes de la diez! ¡A las nueve y media puede Usía llamar descuidado a la puerta del molino!

—¡Hombre! ¡No me digas a mí lo que tengo que hacer!... Por supuesto que tú estarás...

—Yo estaré en todas partes... Pero mi cuartel general será la ramblilla. ¡Ah, se me olvida
1345 ba!... Vaya Usía a pie, y no lleve linterna...

—¡Maldita la falta que me hacían tampoco esos consejos! ¿Si creerás tú que es la primera vez que salgo a campaña▼?

—Perdone Usía... ¡Ah! Otra cosa. No llame
1350 Usía a la puerta grande que da a la plazoleta del emparrado, sino a la puertecilla que hay encima del caz[14]...

—¿Encima del caz hay otra puerta? ¡Mira tú una cosa que nunca se me hubiera ocurrido!

[14] Canal artificial para conducir el agua.

▼ El diálogo refleja el carácter ridículamente despótico del Corregidor. En la conversación se realiza un análisis perfecto de las relaciones entre los dos personajes.

—Sí, señor; la puertecilla del caz da al mismí-          1355
simo dormitorio de los Molineros..., y el tío
Lucas no entra ni sale nunca por ella. De forma que, aunque, volviese pronto...

—Comprendo, comprendo... ¡No me aturdas
más los oídos!                                                            1360

—Por último: procure Usía escurrir el bulto
antes del amanecer. Ahora amanece a las seis...

—¡Mira otro consejo inútil! A las cinco estaré
de vuelta en mi casa... Pero bastante hemos hablado ya... ¡Quítate de mi presencia!                    1365

—Pues entonces, señor..., ¡buena suerte! —exclamó el alguacil, alargando lateralmente la
mano al Corregidor y mirando al techo al mismo tiempo.

El Corregidor puso en aquella mano una pe-        1370
seta y Garduña desapareció como por en-
salmo[15].

—¡Por vida de!... —murmuró el viejo al cabo
de un instante—. ¡Se me ha olvidado decirle a
ese bachillero que me trajesen también una ba-    1375
raja! ¡Con ella me hubiera entretenido hasta
las nueve y media, viendo si me salía aquel
solitario[16]!...

[15] Con prontitud ex-
traordinaria.

[16] Juego de naipes
que ejercita una sola
persona.

## XV

## DESPEDIDA EN PROSA

Serían las nueve de aquella misma noche, cuando el tío Lucas y la señá Frasquita, termi-
1380 nadas todas las haciendas del molino y de la casa, se cenaron una fuente de ensalada de escarola, una libreja[1] de carne guisada con tomate, y algunas uvas de las que quedaban en la consabida cesta; todo ello rociado con un
1385 poco de vino▼ y con grandes risotadas a costa del Corregidor: después de lo cual miráronse afablemente los dos esposos, como muy contentos de Dios y de sí mismos, y se dijeron, entre un par de bostezos que revelaban toda la
1390 paz y tranquilidad de sus corazones:

—Pues, señor, vamos a acostarnos, y mañana será otro día.

En aquel momento sonaron dos fuertes y ejecutivos golpes aplicados a la puerta grande del
1395 molino.

El marido y la mujer se miraron sobresaltados.

Era la primera vez que oían llamar a su puerta a semejante hora.

—Voy a ver... —dijo la intrépida navarra, en-
1400 caminándose hacia la plazoletilla▼▼.

[1] Despectivo de libra, peso antiguo equivalente a 460 gramos.

▼ El narrador detalla los alimentos de la cena. En varias ocasiones, a lo largo de la novela, aparecen referencias gastronómicas.

▼▼ El autor resalta la decisión y la bravura de la protagonista.

—¡Quita! ¡Eso me toca a mí! —exclamó el tío
Lucas con tal dignidad que la señá Frasquita
le cedió el paso—. ¡Te he dicho que no salgas!
—añadió luego con dureza, viendo que la obs-
tinada Molinera quería seguirle.                    1405

Ésta obedeció, y se quedó dentro de la casa.

—¿Quién es? —preguntó el tío Lucas desde el
medio de la plazoleta.

—¡La justicia! —contestó una voz al otro lado
del portón.                                         1410

—¿Qué justicia?

—La del lugar. ¡Abra usted al señor alcalde!

El tío Lucas había aplicado entre tanto un ojo
a cierta mirilla muy disimulada que tenía el
portón, y reconocido a la luz de la luna al rús-    1415
tico alguacil del lugar inmediato.

—¡Dirás que le abra al borrachón del alguacil!
—repuso el Molinero, retirando la tranca.

—¡Es lo mismo... —contestó el de afuera—;
pues que traigo una orden escrita de su Mer-        1420
ced! Tenga usted muy buenas noches, tío Lucas... —agregó luego entrando, y con voz menos oficial, más baja y más gorda, como si ya
fuera otro hombre.

—¡Dios te guarde, Toñuelo! —respondió el     1425
murciano—. Veamos qué orden es esa... ¡Y
bien podía el señor Juan López escoger otra
hora más oportuna de dirigirse a los hombres
de bien! Por supuesto, que la culpa será tuya.
¡Como si lo viera, te has estado emborrachan-       1430
do en las huertas del camino! ¿Quieres un
trago?

—No, señor; no hay tiempo para nada. Tiene usted que seguirme inmediatamente. Lea usted la orden.                                                    1435

—¿Cómo seguirte? —exclamó el tío Lucas, penetrando en el molino, después de tomar el papel—. ¡A ver, Frasquita, alumbra!

La señá Frasquita soltó una cosa que tenía en la mano, y descolgó el candil.                            1440

El tío Lucas miró rápidamente al objeto que había soltado su mujer, y reconoció su bocacha, o sea, un enorme trabuco que calzaba balas de a media libra.

El Molinero dirigió entonces a la navarra una   1445
mirada llena de gratitud y ternura, y le dijo, tomándole la cara:

—¡Cuánto vales!

La señá Frasquita, pálida y serena como una estatua de mármol, levantó el candil, cogido   1450
con dos dedos, sin que el más leve temblor agitase su pulso, y contestó secamente:

—¡Vaya, lee!

La orden decía:

Para el mejor servicio de S. M. el Rey   1455
Nuestro Señor (Q. D. G.)², prevengo a Lucas Fernández, molinero de estos vecinos, que tan luego como reciba la presente orden, comparezca ante mi autoridad sin excusa ni pretexto alguno; advirtiéndole que,   1460
por ser asunto reservado, no lo pondrá en conocimiento de nadie: todo ello bajo las penas correspondientes, caso de desobediencia. El Alcalde,

JUAN LÓPEZ   1465

Y había una cruz en vez de rúbrica[3] ▼.

—Oye, tú: ¿y qué es esto? —le preguntó el tío Lucas al alguacil—. ¿A qué viene esta orden?

—No lo sé... —contestó el rústico; hombre de unos treinta años, cuyo rostro esquinado y avieso, propio de ladrón o de asesino, daba muy triste idea de su sinceridad—. Creo que se trata de averiguar algo de brujería, o de moneda falsa... Pero la cosa no va con usted... Lo llaman como testigo o como perito. En fin, yo no me he enterado bien del particular... El señor Juan López se lo explicará a usted con más pelos y señales.

—¡Corriente! —exclamó el Molinero—. Dile que iré mañana.

—¡Ca, no, señor!... Tiene usted que venir ahora mismo, sin perder un minuto. Tal es la orden que me ha dado el señor alcalde.

Hubo un instante de silencio.

Los ojos de la señá Frasquita echaban llamas.

El tío Lucas no separaba los suyos del suelo, como si buscara alguna cosa.

—Me concederás, cuando menos —exclamó, al fin, levantando la cabeza— el tiempo preciso para ir a la cuadra y aparejar una burra...

—¡Qué burra ni qué demontre[4]! —replicó el alguacil—. ¡Cualquiera se anda a pie media legua! La noche está muy hermosa, y hace luna...

—Ya he visto que ha salido... Pero yo tengo los pies muy hinchados...

[3] Firma.

[4] Demonio.

▼ El lenguaje oficial de la misiva y su retórica convencional contrastan con la ironía de la posterior aclaración: «Y había una cruz en vez de rúbrica».

—Pues entonces no perdamos tiempo. Yo le ayudaré a usted a aparejar la bestia.

—¡Hola! ¡Hola! ¿Temes que me escape?

—Yo no temo nada, tío Lucas —respondió Toñuelo con la frialdad de un desalmado—. Yo soy la justicia. 1500

Y, hablando así, descansó armas; con lo que dejó ver el retaco[5] que llevaba debajo del capote.

—Pues mira, Toñuelo... —dijo la Molinera—. Ya que vas a la cuadra... a ejercer tu verdadero oficio..., hazme el favor de aparejar también la otra burra. 1505

—¿Para qué? —interrogó el Molinero.

—¡Para mí! Yo voy con vosotros. 1510

—¡No puede ser, señá Frasquita —objetó el alguacil—. Tengo orden de llevarme a su marido de usted nada más, y de impedir que usted lo siga. En ello me van «el destino y el pescuezo». Así me lo advirtió el señor Juan López. Conque... vamos, tío Lucas. 1515

Y se dirigió hacia la puerta.

—¡Cosa más rara! —dijo a media voz el murciano sin moverse.

—¡Muy rara! —contestó la seña Frasquita. 1520

—Esto es algo... que yo me sé... —continuó murmurando el tío Lucas de modo que no pudiese oírlo Toñuelo.

—¿Quieres que vaya yo a la ciudad —cuchicheó la navarra— y le dé aviso al Corregidor de lo que nos sucede?... 1525

—¡No! —respondió en alta voz el tío Lucas—.
¡Eso no!

—¿Pues qué quieres que haga? —dijo la Mo-
1530  linera con gran ímpetu.

—Que me mires... —respondió el antiguo soldado.

Los dos esposos se miraron en silencio, y quedaron tan satisfechos ambos de la tranquilidad,
1535  la resolución y la energía que se comunicaron
sus almas, que acabaron por encogerse de hombros y reírse.

Después de esto, el tío Lucas encendió otro
candil y se dirigió a la cuadra, diciendo al paso
1540  a Toñuelo con socarronería[6]:

                                        [6] Astucia disimula-
da.

—¡Vaya, hombre! ¡Ven y ayúdame... supuesto
que eres tan amable!

Toñuelo lo siguió, canturriando una copla entre dientes.

1545  Pocos minutos después el tío Lucas salía del
molino caballero en una hermosa jumenta[7] y    [7] Burra.
seguido del alguacil.

La despedida de los esposos se había reducido
a lo siguiente:

1550  —Cierra bien... —dijo el tío Lucas.

—Embózate, que hace fresco... —dijo la señá
Frasquita, cerrando con llave, tranca y cerrojo.

Y no hubo más adiós, ni más beso, ni más abrazo, ni más mirada.

1555  ¿Para qué?▼

||||||||||||||||||||||||||||||||||||||||||||||||||||||||||||||||||||||||||||||||||||||||||||||||||||||||||||||||||||

▼ El capítulo se cierra de forma original con esa acumulación de elementos y la
interrogación final. Observa la presencia del polisíndeton.

## XVI

## UN AVE DE MAL AGUERO

Sigamos por nuestra parte al tío Lucas.

Ya habían andado un cuarto de legua sin hablar palabra, el Molinero subido en la borrica y el alguacil arreándola con su bastón de autoridad, cuando divisaron delante de sí, en lo alto de un repecho que hacía el camino, la sombra de un enorme pajarraco que se dirigía hacia ellos. 1560

Aquella sombra se destacó enérgicamente sobre el cielo, esclarecido por la luna, dibujándose en él con tanta precisión que el Molinero exclamó en el acto: 1565

—Toñuelo, ¡aquél es Garduña con su sombrero de tres picos y sus patas de alambre!

Mas antes de que contestara el interpelado, la sombra, deseosa sin duda de eludir aquel encuentro, había dejado el camino y echado a correr a campo traviesa con la velocidad de una verdadera garduña. 1570

—No veo a nadie... —respondió entonces Toñuelo con la mayor naturalidad. 1575

||||||||||||||||||||||||||||||||||||||||||||||||||||||||||||||||||||||||||||||||||||||||||||||||||||||||||

▼ El narrador, puede observarse en otros muchos casos, se identifica como un lector más mediante la utilización de la primera persona del plural.

▼▼ El sentido del deber y la obediencia ciega hace que estos servidores resulten cínicos y mentirosos.

—Ni yo tampoco —replicó el tío Lucas, comiéndose la partida.

1580 Y la sospecha que ya se le ocurrió en el molino principió a adquirir cuerpo y consistencia en el espíritu receloso del jorobado.

—Este viaje mío —díjose interiormente— es una estratagema amorosa del Corregidor. La declaración que le oí esta tarde desde lo alto
1585 del emparrado me demuestra que el vejete madrileño no puede esperar más. Indudablemente, esta noche va a volver de visita al molino, y por eso ha principiado quitándome de en medio... Pero ¿qué importa? ¡Frasquita es Fras-
1590 quita, y no abrirá la puerta aunque le peguen fuego a la casa!.. Digo más: aunque la abriese; aunque el Corregidor lograse, por medio de cualquier ardid[1], sorprender a mi excelente navarra, el pícaro viejo saldría con las manos en
1595 la cabeza. ¡Frasquita es Frasquita! Sin embargo —añadió al cabo de un momento—, ¡bueno será volverme esta noche a casa lo más temprano que pueda!

Llegaron con esto al lugar el tío Lucas y el al-
1600 guacil, dirigiéndose a casa del señor alcalde.

....................................
[1] Treta, estratagema.

XVII

¹ Alcalde de aldea.

## UN ALCALDE DE MONTERILLA¹

El señor Juan López, que como particular y
como alcalde era la tiranía, la ferocidad y el orgullo personificados (cuando trataba con sus
inferiores), dignábase, sin embargo, a aquellas
horas, después de despachar los asuntos oficia-           1605
les y los de su labranza y de pegarle a su mujer
su cotidiana paliza, beberse un cántaro de vino
en compañía del secretario y del sacristán, operación que iba más de mediada aquella noche
cuando el Molinero compareció en su pre-               1610
sencia▼.

—¡Hola, tío Lucas! —le dijo, rascándose la cabeza para excitar en ella la vena de los embus-
tes—. ¿Cómo va de salud? ¡A ver, secretario:
échele usted un vaso de vino al tío Lucas! ¿Y          1615
la señá Frasquita? ¿Se conserva tan guapa? ¡Ya
hace mucho tiempo que no la he visto! Pero,
hombre, ¡qué bien sale ahora la molienda! ¡El
pan de centeno parece de trigo candeal²! Con-
que..., vaya... Siéntese usted, y descanse, que,        1620
gracias a Dios, no tenemos prisa.

² Variedad de trigo
que da harina muy
blanca.

—¡Por mi parte, maldita aquélla! —contestó el
tío Lucas, que hasta entonces no había despe-
gado los labios, pero cuyas sospechas eran cada
vez mayores al ver el amistoso recibimiento que         1625
se le hacía, después de una orden tan terrible
y apremiante.

▼ Descripción muy negativa del alcalde (poder civil). El autor carga las tintas
al caricaturizar a este personaje.

—Pues entonces, tío Lucas —continuó el alcalde—, supuesto que no tiene usted gran prisa, dormirá usted acá esta noche, y mañana temprano despacharemos nuestro asuntillo...

—Me parece bien... —respondió el tío Lucas con una ironía y un disimulo que nada tenían que envidiar a la diplomacia del señor Juan López—. Supuesto que la cosa no es urgente... pasaré la noche fuera de mi casa.

—Ni urgente ni de peligro para usted —añadió el alcalde, engañado por aquel a quien creía engañar—. Puede usted estar completamente tranquilo. Oye tú, Toñuelo... Alarga esa media fanega³ para que se siente el tío Lucas.

³ Medida de capacidad para áridos que equivale a 55,5 litros.

—Entonces... ¡venga otro trago! —exclamó el Molinero, sentándose.

—¡Venga de ahí! —repuso el alcalde, alargándole el vaso lleno.

—Está en buena mano... Médielo usted.

—¡Pues por su salud! —dijo el señor Juan López, bebiéndose la mitad del vino.

—Por la de usted..., señor alcalde —replicó el tío Lucas, apurando la otra mitad.

—¡A ver, Manuela! —gritó entonces el alcalde de monterilla—. Dile a tu ama que el tío Lucas se queda a dormir aquí. Que le ponga una cabecera en el granero.

—¡Ca! No... ¡De ningún modo! Yo duermo en el pajar como un rey.

—Mire usted que tenemos cabeceras...

—¡Ya lo creo! Pero ¿a qué quiere usted incomodar a la familia? Yo traigo mi capote...

—Pues, señor, como usted guste. ¡Manuela!, 1660
dile a tu ama que no la ponga...

—Lo que sí va usted a permitirme —continuó
el tío Lucas, bostezando de un modo atroz—
es que me acueste en seguida. Anoche he tenido mucha molienda, y no he pegado todavía 1665
los ojos...

—¡Concedido! —respondió majestuosamente
el alcalde—. Puede usted recogerse cuando
quiera.

—Creo que también es hora de que nos reco- 1670
jamos nosotros —dijo el sacristán, asomándo-
se al cántaro de vino para graduar lo que quedaba—. Ya deben ser las diez... o poco menos.

—Las diez menos cuartillo [4]... —notificó el secretario, después de repartir en los vasos el res- 1675
to del vino correspondiente a aquella noche.

—¡Pues a dormir, caballeros! —exclamó el an-
fitrión [5], apurando su parte.

—Hasta mañana, señores —añadió el Molinero, bebiéndose la suya. 1680

—Espere usted que le alumbren... ¡Toñuelo!
Lleva al tío Lucas al pajar.

—¡Por aquí, tío Lucas!... —dijo Toñuelo, lle-
vándose también el cántaro, por si le quedaban algunas gotas. 1685

—Hasta mañana, si Dios quiere —agregó el sacristán, después de escurrir todos los vasos.

[4] Menos cuarto.

[5] El que tiene convi-
dados en su casa.

▼ Es interesante seguir el desarrollo del tiempo. Alarcón puso especial atención
en señalar con detalle —aquí también con la gracia del doble sentido— la hora de
cada suceso.

Y se marchó, tambaleándose y cantando alegremente el *De profundis*[6] ▼.

1690    —Pues, señor —díjole el alcalde al secretario cuando se quedaron solos—. El tío Lucas no ha sospechado nada. Nos podemos acostar descansadamente, y... ¡buena pro[7] le haga al Corregidor!

[6] «Desde lo profundo».

[7] Buen provecho.

▼ Los personajes que aparecen en este capítulo siguen participando del carácter cómico de la obra. Así, esta grotesca salida del sacristán.

## XVIII

## DONDE SE VERÁ QUE EL TÍO LUCAS TENÍA EL SUEÑO MUY LIGERO[▾]

Cinco minutos después un hombre se descol-        1695
gaba por la ventana del pajar del señor alcalde; ventana que daba a un corralón y no distaría cuatro varas del suelo.

En el corralón había un cobertizo sobre una
gran pesebrera[1], a la cual hallábanse atadas        1700
seis u ocho caballerías de diversa alcurnia[2],
bien que todas ellas del sexo débil. Los caba-
llos, mulos y burros del sexo fuerte formaban
rancho aparte en otro local contiguo.

El hombre desató una borrica, que por cierto        1705
estaba aparejada, y se encaminó llevándola del
diestro, hacia la puerta del corral; retiró la
tranca y desechó el cerrojo que la aseguraban:
abrióla con mucho tiento, y se encontró en medio del campo.        1710

Una vez allí, montó en la borrica, metióle los
talones, y salió como una flecha con dirección
a la ciudad, mas no por el carril ordinario, sino
atravesando siembras y cañadas como quien se
precave contra algún mal encuentro.        1715

Era el tío Lucas, que se dirigía a su molino.

[1] Conjunto de pese-
bres dispuestos orde-
nadamente.

[2] Estirpe, linaje.

||||||||||||||||||||||||||||||||||||||||||||||||||||||||||||||||||||||||||||||||||||||||||||||||||||||||||||||||

[▾] El título del capítulo nos remite a las novelas de otras épocas. Recuérdense
los epígrafes del *Quijote*, por ejemplo, que están redactados de forma semejante.

## XIX

## VOCES CLAMANTES «IN DESERTO»[▼]

—¡Alcaldes a mí, que soy de Archena[1]! —iba diciendo el murciano—. ¡Mañana por la mañana pasaré a ver al señor Obispo, como medida preventiva, y le contaré todo lo que me ha ocurrido esta noche! ¡Llamarme con tanta prisa y reserva, y a hora tan desusada; decirme que venga solo; hablarme del servicio del Rey, y de moneda falsa, y de brujas, y de duendes, para echarme luego dos vasos de vino y mandarme a dormir!... ¡La cosa no puede ser más clara! Garduña trajo al lugar esas instrucciones de parte del Corregidor, y ésta es la hora en que el Corregidor estará ya en campaña contra mi mujer... ¡Quién sabe si me lo encontraré llamando a la puerta del molino! ¡Quién sabe si me lo encontraré ya dentro!... ¡Quién sabe...! Pero, ¿qué voy a decir? ¡Dudar de mi navarra!... ¡Oh, esto es ofender a Dios! ¡Imposible que ella!... ¡Imposible que mi Frasquita!... ¡Imposible!... Mas, ¿qué estoy diciendo? ¿Acaso hay algo imposible en el mundo? ¿No se casó conmigo siendo ella tan hermosa y yo tan feo[▼▼]?

Y al hacer esta última reflexión, el pobre jorobado se echó a llorar.

[1] Villa de la provincia de Murcia.

▼ El título, en esta ocasión, procede de un versículo de la Biblia («Vox clamantis in deserto», Isaías, 40, 3; también: «Vox clamantis in deserto», Lc, 3, 4...). Su traducción literal, aquí: «Voces que claman en el desierto».

▼▼ La utilización de exclamaciones e interrogaciones tiene mucho que ver con las fórmulas narrativas de la novela del siglo XIX, especialmente con la novela de «folletín».

Entonces paró la burra para serenarse; se enju-  1740
gó las lágrimas; suspiró hondamente; sacó los
avíos[2] de fumar; picó y lió un cigarro de tabaco negro; empuñó luego pedernal, yesca y es-
labón[3], y al cabo de algunos golpes consiguió
encender candela.

En aquel mismo momento, sintió rumor de pa-  1745
sos hacia el camino, que distaría de allí unas
trescientas varas.

—¡Qué imprudente soy! —dijo—. ¡Si me an-
dará buscando ya la justicia, y yo me habré  1750
vendido al echar estas yescas[4]!

Escondió, pues, la lumbre, y se apeó, ocultán-
dose detrás de la borrica.

Pero la borrica entendió las cosas de diferente
modo, y lanzó un rebuzno de satisfacción.  1755

—¡Maldita seas! —exclamó el tío Lucas, tratando de cerrarle la boca con las manos.

Al propio tiempo resonó otro rebuzno en el camino, por vía de galante respuesta.

—¡Estamos aviados! —prosiguió pensando el  1760
Molinero—. ¡Bien dice el refrán: el mayor mal
de los males es tratar con animales[▼]!

Y, así discurriendo, volvió a montar, arreó la
bestia, y salió disparado en dirección contraria
al sitio en que había sonado el segundo re-  1765
buzno.

[2] Utensilios necesarios para hacer algo.

[3] Hierro afilado para sacar fuego de un pedernal.

[4] Materia muy seca e inflamable.

▼ El tono popular de los diálogos se refuerza con la presencia de este sabroso refrán.

Y lo más particular fue que la persona que iba
en el jumento interlocutor, debió de asustarse
del tío Lucas tanto como el tío Lucas se había
1770   asustado de ella. Lo digo, porque apartóse
también del camino, recelando sin duda que
fuese un alguacil o un malhechor pagado por
don Eugenio, y salió a escape por los sembrados de la otra banda.

El murciano, entre tanto, continuó cavilando 1775
de este modo:

—¡Qué noche! ¡Qué mundo! ¡Qué vida la mía
desde hace una hora! ¡Alguaciles metidos a al-
cahuetes; alcaldes que conspiran contra mi
honra; burros que rebuznan cuando no es me- 1780
nester; y aquí en mi pecho, un miserable corazón que se ha atrevido a dudar de la mujer
más noble que Dios ha criado! ¡Oh, Dios mío,
Dios mío! ¡Haz que llegue pronto a mi casa y
que encuentre allí a mi Frasquita! 1785

Siguió caminando el tío Lucas, atravesando
siembras y matorrales, hasta que al fin, a eso
de las once de la noche, llegó sin novedad a la
puerta grande del molino...

¡Condenación! ¡La puerta del molino estaba 1790
abierta!

## XX

## LA DUDA Y LA REALIDAD

Estaba abierta...▼, ¡y él, al marcharse, había oído a su mujer cerrarla con llave, tranca y cerrojo!

1795 Por consiguiente, nadie más que su propia mujer había podido abrirla.

Pero, ¿cómo? ¿Cuándo? ¿Por qué? ¿De resultas de un engaño? ¿A consecuencia de una orden? ¿O bien deliberada y voluntariamente, en vir-
1800 tud de previo acuerdo con el Corregidor?

¿Qué iba a ver? ¿Qué iba a saber? ¿Qué le aguardaba dentro de su casa? ¿Se había fugado la señá Frasquita? ¿Se la habrían robado? ¿Estaría muerta? ¿O estaría en brazos de su rival?

1805 —El Corregidor contaba con que yo no podría venir en toda la noche... —se dijo lúgubremente el tío Lucas—. El alcalde del lugar tendría orden hasta de encadenarme, antes que permitirme volver... ¿Sabía todo esto Frasquita? ¿Es-
1810 taba en el complot? ¿O ha sido víctima de un engaño, de una violencia, de una infamia?

No empleó más tiempo el sin ventura en hacer todas estas crueles reflexiones que el que tardó en atravesar la plazoletilla del emparrado.

---

▼ Tras el corte del capítulo, el enlace se realiza mediante la repetición de las últimas palabras del anterior.

También estaba abierta la puerta de la casa,    1815
cuyo primer aposento (como en todas las vi-
viendas rústicas) era la cocina...

Dentro de la cocina no había nadie.

Sin embargo, una enorme fogata ardía en la
chimenea... ¡chimenea que él dejó apagada, y    1820
que no se encendía nunca hasta muy entrado
el mes de diciembre!'

Por último, de uno de los ganchos de la espetera[1] pendía un candil encendido...

¿Qué significaba todo aquello? ¿Y cómo se    1825
compadecía semejante aparato de vigilia[2] y de
sociedad con el silencio de muerte que reinaba
en la casa?

¿Qué había sido de su mujer?

Entonces, y sólo entonces, reparó el tío Lucas    1830
en unas ropas que había colgadas en los espal-
dares de dos o tres sillas puestas alrededor de
la chimenea...

Fijó la vista en aquellas ropas, y lanzó un rugido intenso, que se le quedó atravesado en la    1835
garganta, convertido en sollozo mudo y so-
focante▼.

Creyó el infortunado que se ahogaba, y se llevó las manos al cuello, mientras que, lívido,
convulso, con los ojos desencajados, contem-    1840
plaba aquella vestimenta, poseído de tanto ho-

[1] Tabla con ganchos en que se cuelgan utensilios de cocina.

[2] Acción de estar en vela.

---

▼ A lo largo del relato, las ropas de los protagonistas juegan un papel de primer orden. Su utilización en los momentos claves cumple todos los presupuestos de la prosopopeya.

rror como el reo en capilla a quien le presentan la hopa[3].

Porque lo que allí veía era la capa de grana,
el sombrero de tres picos, la casaca y la chupa
de color de tórtola, el calzón de seda negra, las
medias blancas, los zapatos con hebilla y hasta
el bastón, el espadín y los guantes del execrable[4] Corregidor... ¡Lo que allí veía era la ropa
de su ignominia, la mortaja de su honra, el sudario de su ventura!

El terrible trabuco seguía en el mismo rincón
en que dos horas antes lo dejó la navarra...

El tío Lucas dio un salto de tigre y se apoderó
de él. Sondeó el cañón con la baqueta[5], y vio
que estaba cargado. Miró la piedra, y halló que
estaba en su lugar.

Volvióse entonces hacia la escalera que conducía a la cámara en que había dormido tantos
años con la señá Frasquita, y murmuró sordamente:

—¡Allí están!

Avanzó, pues, un paso en aquella dirección;
pero en seguida se detuvo para mirar en torno
de sí y ver si alguien lo estaba observando...

—¡Nadie! —dijo mentalmente—. ¡Sólo Dios...,
y Ése... ha querido esto!

Confirmada así la sentencia, fue a dar otro
paso, cuando su errante mirada distinguió un
pliego que había sobre la mesa...

Verlo, y haber caído sobre él, y tenerlo entre
sus garras, fue todo cosa de un segundo.

[3] Túnica de los ajusticiados.

[4] Digno de reprobación.

[5] Varilla con que se limpian o atacan las armas de fuego.

¡Aquel papel era el nombramiento del sobrino de la señá Frasquita, firmado por don Eugenio de Zúñiga y Ponce de León! 1870

—¡Éste ha sido el precio de la venta! —pensó el tío Lucas, metiéndose el papel en la boca para sofocar sus gritos y dar alimento a su rabia—. ¡Siempre recelé que quisiera a su familia más que a mí! ¡Ah! ¡No hemos tenido hijos!... ¡He aquí la causa de todo! 1875

Y el infortunado estuvo a punto de volver a llorar.

Pero luego se enfureció nuevamente, y dijo con un ademán terrible, ya que no con la voz: 1880

—¡Arriba! ¡Arriba!

Y empezó a subir la escalera, andando a gatas con una mano, llevando el trabuco en la otra, y con el papel infame entre los dientes.

En corroboración de sus lógicas sospechas, al 1885 llegar a la puerta del dormitorio (que estaba cerrada) vio que salían algunos rayos de luz por las junturas de las tablas y por el ojo de la llave.

—¡Aquí están! —volvió a decir.

Y se paró un instante, como para pasar aquel 1890 nuevo trago de amargura.

Luego continuó subiendo... hasta llegar a la puerta misma del dormitorio.

Dentro de él no se oía ningún ruido.

—¡Si no hubiera nadie! —le dijo tímidamente 1895 la esperanza.

Pero en aquel mismo instante el infeliz oyó toser dentro del cuarto...

¡Era la tos medio asmática del Corregidor!

1900 ¡No cabía duda! ¡No había tabla de salvación en aquel naufragio!

El Molinero sonrió en las tinieblas de un modo horroroso. ¿Cómo no brillan en la oscuridad semejantes relámpagos? ¿Qué es todo el fuego
1905 de las tormentas comparado con el que arde a veces en el corazón del hombre?

Sin embargo, el tío Lucas (tal era su alma, como ya dijimos en otro lugar) principió a tranquilizarse, no bien oyó la tos de su ene-
1910 migo...

La realidad le hacía menos daño que la duda. Según le anunció él mismo aquella tarde a la señá Frasquita, desde el punto y hora en que perdía la única fe que era vida de su alma, em-
1915 pezaba a convertirse en un hombre nuevo.

Semejante al moro de Venecia[6] —con quien ya lo comparamos al describir su carácter—, el desengaño mataba en él de un solo golpe todo el amor, transfigurando de paso la índole de su
1920 espíritu y haciéndole ver el mundo como una región extraña a que acabara de llegar. La única diferencia consistía en que el tío Lucas era por idiosincrasia[7] menos trágico, menos austero, y más egoísta que el insensato sacrifica-
1925 dor de Desdémona[8] ▼.

[6] Se refiere a Otelo, protagonista de la obra del mismo título de Shakespeare.

[7] Temperamento.

[8] Personaje creado por Shakespeare, esposa de Otelo en la tragedia.

---

▼ Nuevamente, el autor trae a colación el recuerdo del celoso protagonista del drama *Otelo*, de Shakespeare.

¡Cosa rara, pero propia de tales situaciones! La
duda, o sea, la esperanza —que para el caso es
lo mismo— volvió todavía a mortificarle un
momento...

—¡Si me hubiera equivocado! —pensó—. ¡Si      1930
la tos hubiese sido de Frasquita!...

En la tribulación de su infortunio, olvidábase-
le que había visto las ropas del Corregidor cerca de la chimenea; que había encontrado abierta la puerta del molino; que había leído la cre-   1935
dencial[9] de su infamia...

Agachóse, pues, y miró por el ojo de la llave,
temblando de incertidumbre y de zozobra.

El rayo visual no alcanzaba a descubrir más
que un pequeño triángulo de cama, por la par-    1940
te del cabecero... ¡Pero precisamente en aquel
pequeño triángulo se veía un extremo de las almohadas, y sobre las almohadas la cabeza del
Corregidor!

Otra risa diabólica contrajo el rostro del Mo-   1945
linero.

Dijérase que volvía a ser feliz...

—¡Soy dueño de la verdad!... ¡Meditemos!
—murmuró, irguiéndose tranquilamente.

Y volvió a bajar la escalera con el mismo tien-  1950
to que empleó para subirla...

—El asunto es delicado... Necesito reflexionar.
Tengo tiempo de sobra para todo... —iba pensando mientras bajaba.

Llegado que hubo a la cocina, sentóse en me-    1955
dio de ella, y ocultó la frente entre las manos.

[9] Que acredita.

Así permaneció mucho tiempo, hasta que le
despertó de su meditación un leve golpe que
sintió en un pie...

1960    Era el trabuco que se había deslizado de sus rodillas, y que le hacía aquella especie de seña...

—¡No! ¡Te digo que no! —murmuró el tío Lucas, encarándose con el arma—. ¡No me con-
vienes! Todo el mundo tendría lástima de
1965    ellos..., ¡y a mí me ahorcarían! ¡Se trata de un
corregidor..., y matar a un corregidor es todavía en España cosa indisculpable! Dirían que
lo maté por infundados celos, y que luego lo
desnudé y lo metí en mi cama... Dirían, ade-
1970    más, que maté a mi mujer por simples sospechas... ¡Y me ahorcarían! ¡Vaya si me ahorcarían! ¡Además, yo habría dado muestras de tener muy poca alma, muy poco talento, si al re-
mate de mi vida fuera digno de compasión!
1975    ¡Todos se reirían de mí! ¡Dirían que mi desventura era muy natural, siendo yo jorobado y
Frasquita tan hermosa! ¡Nada, no! Lo que yo
necesito es vengarme, y después de vengarme,
triunfar, despreciar, reír, reírme mucho, reírme
1980    de todos, evitando por tal medio que nadie
pueda burlarse nunca de esta giba que yo he
llegado a hacer hasta envidiable, y que tan grotesca sería en una horca.

Así discurrió el tío Lucas, tal vez sin darse
1985    cuenta de ello puntualmente, y, en virtud de semejante discurso, colocó el arma en su sitio, y
principió a pasearse con los brazos atrás y la
cabeza baja, como buscando su venganza en el
suelo, en la tierra, en las ruindades de la vida,
1990    en alguna bufonada[10] ignominiosa y ridícula
para su mujer y para el Corregidor, lejos de
buscar aquella misma venganza en la justicia,

--------

[10] Chanza satírica.

en el desafío, en el perdón, en el Cielo..., como hubiera hecho en su lugar cualquier otro hombre de condición menos rebelde que la suya a toda imposición de la Naturaleza, de la sociedad o de sus propios sentimientos[▼].

1995

De repente, paráronse sus ojos en la vestimenta del Corregidor...

Luego se paró él mismo...

2000

Después fue demostrando poco a poco en su semblante una alegría, un gozo, un triunfo indefinibles...; hasta que, por último, se echó a reír de una manera formidable...[▼▼], esto es, a grandes carcajadas, pero sin hacer ningún ruido —a fin de que no lo oyesen desde arriba—, metiéndose los puños por los ijares[11] para no reventar, estremeciéndose todo como un epiléptico, y teniendo que concluir por dejarse caer en una silla hasta que le pasó aquella convulsión de sarcástico regocijo. Era la propia risa de Mefistófeles[12].

2005

2010

No bien se sosegó, principió a desnudarse con una celeridad febril; colocó toda su ropa en las mismas sillas que ocupaba la del Corregidor; púsose cuantas prendas pertenecían a éste, desde los zapatos de hebilla hasta el sombrero de tres picos; ciñóse el espadín; embozóse en la capa de grana; cogió el bastón y los guantes, y salió del molino y se encaminó a la ciudad, ba-

2015

2020

[11] Cavidades situadas entre las costillas falsas y las caderas.

[12] Nombre del diablo popularizado por el *Fausto* de Goethe.

||||||||||||||||||||||||||||||||||||||||||||||||||||||||||||||||||||||||||||||||||||||||||||||||||||||||||||

[▼] En la mente del personaje nace la original venganza que determinará el posterior desarrollo de la acción.

[▼▼] El suspense se consigue con la presencia de los puntos supensivos, que logran asimismo que la acción se refrene.

lanceándose de la propia manera que solía don
Eugenio de Zúñiga, y diciéndose de vez en vez
esta frase que compendiaba su pensamiento:

—¡También la Corregidora es guapa▼!

IIIIIIIIIIIIIIIIIIIIIIIIIIIIIIIIIIIIIIIIIIIIIIIIIIIIIIIIIIIIIIIIIIIIIIIIIIIIIIIIIIIIIIIIIIIIIIIIIIIIIIIIIIIIIIIIIIIIIIIIIIIIIIIIIIIIIIIIIIIIIII

▼ La frase que cierra primorosamente el capítulo sirve de motivo para la pro-
longación de la intriga. El nuevo enredo resultará aún más cómico que el anterior.

## COMENTARIO 3 (Cap. XX, líneas 1792-1851)

► *¿Qué formas de expresión utiliza el autor en este fragmento? ¿Qué
opinión te merece su empleo?*

► *¿Cuál es el tema de estas líneas?*

► *¿Qué elementos de la realidad acrecientan la duda del personaje?*

► *¿Por qué el candil era un «aparato de vigilia y de sociedad»?*

► *Cita los ejemplos de* gradación *que encuentres.*

► *¿Qué recursos expresivos utiliza el autor para indicar el estado de
ánimo del personaje?*

► *¿Qué metáforas o comparaciones descubres en estas líneas?*

► *Comenta la utilización de las interrogaciones retóricas.*

## XXI

## ¡EN GUARDIA, CABALLERO!

Abandonemos▼ por ahora al tío Lucas, y ente-        2025
rémonos de lo que había ocurrido en el molino desde que dejamos allí sola a la señá Frasquita hasta que su esposo volvió a él, y se encontró con tan estupendas novedades.

Una hora habría pasado después que el tío Lu-      2030
cas se marchó con Toñuelo, cuando la afligi-
da navarra, que se había propuesto no acostar-
se hasta que regresara su marido, y que estaba
haciendo calceta en su dormitorio, situado en
el piso de arriba, oyó lastimeros gritos fuera de   2035
la casa, hacia el paraje, allí muy próximo, por
donde corría el agua del caz.

—¡Socorro, que me ahogo! ¡Frasquita! ¡Frasquita!... —exclamaba una voz de hombre, con
el lúgubre acento de la desesperación.               2040

—¿Si será Lucas? —pensó la navarra, llena de
un terror que no necesitamos describir.

En el mismo dormitorio había un puertecilla,
de que ya nos habló Garduña, y que daba efectivamente sobre la parte alta del caz. Abrióla     2045
sin vacilación la señá Frasquita por más que
no hubiera reconocido la voz que pedía auxi-
lio, y encontróse de manos a boca con el Corregidor, que en aquel momento salía todo
chorreando de la impetuosísima acequia...[1].      2050

[1] Zanja o canal para la conducción de agua.

▼ Esta nueva ruptura del tiempo de la narración hace retroceder a los lectores hasta el final del capítulo XVI.

—¡Dios me perdone! ¡Dios me perdone! —balbuceaba el infame viejo—. ¡Creí que me ahogaba!

—¡Cómo! ¿Es usted! ¿Qué significa! ¿Cómo se 2055 atreve! ¿A qué viene usted a estas horas? —gritó la Molinera con más indignación que espanto, pero retrocediendo maquinalmente.

—¡Calla! ¡Calla, mujer! —tartamudeó el Corregidor, colándose en el aposento detrás de 2060 ella—. Yo te lo diré todo... ¡He estado para ahogarme! ¡El agua me llevaba ya como una pluma! ¡Mira, mira, cómo me he puesto!

—¡Fuera, fuera de aquí —replicó la señá Frasquita con mayor violencia—. ¡No tiene usted 2065 nada que explicarme!... ¡Demasiado lo comprendo todo! ¿Qué me importa a mí que usted se ahogue? ¿Lo he llamado yo a usted? ¡Ah! ¡Qué infamia! ¡Para esto ha mandado usted prender a mi marido!

2070 —Mujer, escucha...

—¡No escucho! ¡Márchese usted inmediatamente, señor Corregidor!... ¡Márchese usted o no respondo de su vida!...

—¿Qué dices?

2075 —¡Lo que usted oye! Mi marido no está en casa; pero yo me basto para hacerla respetar. ¡Márchese usted por donde ha venido, si no quiere que yo le arroje otra vez al agua con mis propias manos!

2080 —¡Chica, chica! ¡No grites tanto, que no soy sordo! —exclamó el viejo libertino—. ¡Cuando yo estoy aquí, por algo será! Vengo a libertar al tío Lucas, a quien ha preso por equivo-

cación un alcalde de monterilla... Pero, ante
todo, necesito que me seques estas ropas... ¡Es-          2085
toy calado hasta los huesos!

—¡Le digo a usted que se marche!

—¡Calla, tonta!... ¿Qué sabes tú? Mira... aquí
te traigo un nombramiento de tu sobrino... En-
ciende la lumbre, y hablaremos... Por lo demás,           2090
mientras se seca la ropa, yo me acostaré en esta
cama▾.

—¡Ah, ya! ¿Conque declara usted que venía
por mí? ¿Conque declara usted que para eso ha
mandado arrestar a mi Lucas? ¿Conque traía           2095
usted su nombramiento y todo? ¡Santos y san-
tas del cielo! ¿Qué se habrá figurado de mí este
mamarracho?

—¡Frasquita! ¡Soy el Corregidor!

—¡Aunque fuera usted el rey! A mí, ¿qué? ¡Yo           2100
soy la mujer de mi marido, y el ama de mi casa!
¿Cree usted que yo me asusto de los corregidores? ¡Yo sé ir a Madrid, y al fin del mundo, a
pedir justicia contra el viejo insolente que así
arrastra su autoridad por los suelos! Y, sobre           2105
todo, yo sabré mañana ponerme la mantilla, e
ir a ver a la señora Corregidora...

—¡No harás nada de eso! —repuso el Corregidor, perdiendo la paciencia, o mudando de tác-
tica—. No harás nada de eso; porque yo te pe-           2110
garé un tiro, si veo que no entiendes de razones...

▾ Los diálogos recogen, sabiamente, el desarrollo de la escena. La utilización de
los puntos suspensivos resulta magistral.

—¡Un tiro! —exclamó la señá Frasquita con voz sorda.

2115 —Un tiro, sí... Y de ello no me resultará perjuicio alguno. Casualmente he dejado dicho en la ciudad que salía esta noche a caza de criminales... ¡Conque no seas necia... y quiéreme... como yo te adoro!

2120 —Señor Corregidor: ¿un tiro? —volvió a decir la navarra echando los brazos atrás y el cuerpo hacia adelante, como para lanzarse sobre su adversario.

—Si te empeñas, te lo pegaré, y así me veré li-
2125 bre de tus amenazas y de tu hermosura... —respondió el Corregidor, lleno de miedo y sacando un par de cachorrillos[2].

—¿Conque pistolas también? ¡Y en la otra faltriquera el nombramiento de mi sobrino!
2130 —dijo la señá Frasquita, moviendo la cabeza de arriba abajo—. Pues señor, la elección no es dudosa. Espere Usía un momento, que voy a encender la lumbre.

Y, así hablando, se dirigió rápidamente a la escalera, y la bajó en tres brincos.
2135

El Corregidor cogió la luz, y salió detrás de la Molinera, temiendo que se escapara; pero tuvo que bajar mucho más despacio, de cuyas resultas, cuando llegó a la cocina, tropezó con la navarra, que ya volvía en su busca.
2140

—¿Conque decía usted que me iba a pegar un tiro? —exclamó aquella indomable mujer dando un paso atrás—. Pues, ¡en guardia, caballero; que yo ya lo estoy!

2145 Dijo, y se echó a la cara el formidable trabuco que tanto papel representa en esta historia.

----

[2] Pistola pequeña.

—¡Detente, desgraciada! ¿Qué vas a hacer?
—gritó el Corregidor, muerto de susto—. Lo
de mi tiro era una broma... Mira... los cachorrillos están descargados. En cambio, es verdad    2150
lo del nombramiento... Aquí lo tienes... Tóma-
lo... Te lo regalo... Tuyo es..., de balde, ente-
ramente de balde...

Y lo colocó temblando sobre la mesa.

—¡Ahí está bien! —repuso la navarra—. Ma-    2155
ñana me servirá para encender la lumbre,
cuando le guise el almuerzo a mi marido. ¡De
usted no quiero ya ni la gloria; y, si mi sobrino viniese alguna vez de Estella, sería para pi-
sotearle a usted la fea mano con que ha escrito    2160

su nombre en ese papel indecente! ¡Ea, lo dicho! ¡Márchese usted de mi casa! ¡Aire! ¡Aire! ¡Pronto!..., ¡que ya se me sube la pólvora a la cabeza!

2165   El Corregidor no contestó a este discurso. Habíase puesto lívido, casi azul; tenía los ojos torcidos, y un temblor como de terciana[3] agitaba todo su cuerpo. Por último, principió a castañetear los dientes, y cayó al suelo, presa de una
2170   convulsión espantosa.

[3] Calentura que repite cada tres días.

El susto del caz, lo muy mojadas que seguían todas sus ropas, la violenta escena del dormitorio, y el miedo al trabuco con que le apuntaba la navarra, habían agotado las fuerzas del
2175   enfermizo anciano.

—¡Me muero! —balbuceó—. ¡Llama a Garduña!... Llama a Garduña, que estará ahí..., en la ramblilla... ¡Yo no debo morirme en esta casa!

2180   No pudo continuar. Cerró los ojos y se quedó como muerto.

—¡Y se morirá como lo dice! —prorrumpió la señá Frasquita—. Pues señor, ¡ésta es la más negra! ¿Qué hago yo ahora con este hombre en
2185   mi casa? ¿Qué dirían de mí si se muriese? ¿Qué diría Lucas?... ¿Cómo podría justificarme, cuando yo misma le he abierto la puerta? ¡Oh, no!... Yo no debo quedarme aquí con él. ¡Yo debo buscar a mi marido; yo debo escandalizar
2190   el mundo antes de comprometer mi honra!

Tomada esta resolución, soltó el trabuco, fuese al corral, cogió la burra que quedaba en él, la aparejó de cualquier modo, abrió la puerta

grande de la cerca, montó de un salto, a pesar
de sus carnes, y se dirigió a la ramblilla.          2195

—¡Garduña! ¡Garduña! —iba gritando la navarra conforme se acercaba a aquel sitio.

—¡Presente! —respondió al cabo el alguacil,
apareciendo detrás de un seto—. ¿Es usted, señá
Frasquita?                                           2200

—Sí, soy yo. Ve al molino y socorre a tu amo,
que se está muriendo...

—¿Qué dice usted? ¡Vaya un maula[4]!

—Lo que oyes, Garduña...

—¿Y usted, alma mía, adónde va a estas horas?   2205

—¿Yo?... ¡Quita allá, badulaque[5]! ¡Yo voy a la
ciudad por un médico! —contestó la señá Frasquita arreando la burra con un talonazo y a
Garduña con un puntapié.

Y tomó... no el camino de la ciudad, como aca-   2210
baba de decir, sino el del lugar inmediato.

Garduña no reparó en esta última circunstancia, pues iba ya dando zancajadas[6] hacia el molino y discurriendo al par de esta manera:

—¡Va por un médico!... ¡La infeliz no puede    2215
hacer más! ¡Pero él es un pobre hombre! ¡Famosa ocasión de ponerse malo!... ¡Dios le da
confites a quien no puede roerlos▼!

---

4 Persona perezosa.

5 Persona de poco juicio.

6 Zancadas.

▼ El monólogo de Garduña repite expresiones típicas del lenguaje coloquial.

## XXII

## GARDUÑA SE MULTIPLICA

Cuando Garduña llegó al molino, el Corregidor principiaba a volver en sí, procurando le-
2220 vantarse del suelo.

En el suelo también y a su lado estaba el velón
encendido que bajó Su Señoría del dormitorio.

—¿Se ha marchado ya? —fue la primera frase
de don Eugenio.

2225 —¿Quién?

—¡El demonio!... Quiero decir, la Molinera.

—Sí, señor... Ya se ha marchado..., y no creo
que iba de muy buen humor...

—¡Ay, Garduña! Me estoy muriendo...

2230 —Pero ¿qué tiene Usía? ¡Por vida de los hombres!

—Me he caído en el caz, y estoy hecho una
sopa... ¡Los huesos se me parten de frío!

—¡Toma, toma! ¡Ahora salimos con eso!

2235 —¡Garduña!... ¡Ve lo que te dices!...

—Yo no digo nada, señor...

—Pues bien; sácame de este apuro...

—Voy volando... ¡Verá Usía qué pronto lo
arreglo todo!

Así dijo el alguacil, y, en un periquete[1] cogió 2240
la luz con una mano, y con la otra se metió al
Corregidor debajo del brazo; subiólo al dormitorio; púsolo en cueros; acostólo en la cama;
corrió al jaraíz; reunió una brazada de leña; fue
a la cocina; hizo una gran lumbre; bajó todas 2245
las ropas de su amo; colocólas en los espalda-
res de dos o tres sillas; encendió un candil; lo
colgó de la espetera, y tornó a subir a la
cámara▾.

—¿Qué tal vamos? —preguntó entonces a don 2250
Eugenio, levantando en alto el velón para ver-
le mejor el rostro.

—¡Admirablemente! ¡Conozco que voy a su-
dar! ¡Mañana te ahorco, Garduña!

—¿Por qué, señor? 2255

—¿Y te atreves a preguntármelo? ¿Crees tú que,
al seguir el plan que me trazaste, esperaba yo
acostarme solo en esta cama, después de recibir por segunda vez el sacramento del bautis-
mo? ¡Mañana mismo te ahorco! 2260

—Pero cuénteme Usía algo... ¿La señá Frasquita?...

—La señá Frasquita ha querido asesinarme.
¡Es todo lo que he logrado con tus consejos!
Te digo que te ahorco mañana por la mañana. 2265

—¡Algo menos será, señor Corregidor! —repuso el alguacil.

||||||||||||||||||||||||||||||||||||||||||||||||||||||||||||||||||||||||||||||||||||||||||||||||||||||||||||||||||||

▾ El autor utiliza con maestría la sintaxis. Observa la rapidez que la yuxtapo-
sición imprime al relato de los hechos.

—¿Por qué lo dices, insolente? ¿Porque me ves aquí postrado[2]?

[2] Rendido, sin fuerzas.

2270 —No, señor. Lo digo, porque la señá Frasquita no ha debido mostrarse tan inhumana como Usía cuenta, cuando ha ido a la ciudad a buscarle un médico...

—¡Dios santo! ¿Estás seguro de que ha ido a la
2275 ciudad? —exclamó don Eugenio más aterrado que nunca.

—A lo menos, eso me ha dicho ella...

—Corre, corre, Garduña ¡Ah, estoy perdido sin remedio! ¿Sabes a qué va la señá Frasquita a
2280 la ciudad? ¡A contárselo todo a mi mujer!... ¡A decirle que estoy aquí! ¡Oh, Dios mío! ¿Cómo había yo de figurarme esto? ¡Yo creí que se habría ido al lugar en busca de su marido; y, como lo tengo allí a buen recaudo, nada me
2285 importaba su viaje! Pero, ¡irse a la ciudad!... ¡Garduña, corre, corre..., tú que eres andarín, y evita mi perdición! ¡Evita que la terrible Molinera entre en mi casa!

—¿Y no me ahorcará Usía si lo consigo? —pro-
2290 siguió irónicamente el alguacil.

—¡Al contrario! Te regalaré unos zapatos en buen uso, que me están grandes. ¡Te regalaré todo lo que quieras![▼].

—Pues voy volando. Duérmase Usía tranqui-
2295 lo. Dentro de media hora estoy aquí de vuelta,

---

▼ La relación entre el Corregidor y Garduña no es precisamente modélica. El primero mantiene la fidelidad del alguacil con promesas y dádivas.

después de dejar en la cárcel a la navarra. ¡Para
algo soy más ligero que una borrica!

Dijo Garduña, y desapareció por la escalera
abajo.

Se cae de su peso que durante aquella ausen-          2300
cia del alguacil fue cuando el Molinero estuvo
en el molino y vio visiones por el ojo de la
llave.

Dejemos, pues, al Corregidor sudando en el lecho ajeno, y a Garduña corriendo hacia la ciu-        2305
dad (adonde tan pronto había de seguirlo el tío
Lucas con sombrero de tres picos y capa de grana), y, convertidos también nosotros en anda-
rines, volemos con dirección al lugar, en segui-
miento de la valerosa señá Frasquita▼.                2310

▼ El poder omnisciente del narrador puede trasladar a los lectores de una situación a otra.

## XXIII

## OTRA VEZ EL DESIERTO Y LAS CONSABIDAS VOCES▼

La única aventura que le ocurrió a la navarra en su viaje desde el molino al pueblo fue asustarse un poco al notar que alguien echaba yescas en medio de un sembrado.

2315 —¿Si será un esbirro[1] del Corregidor? ¿Si irá a detenerme? —pensó la Molinera.

En esto se oyó un rebuzno hacia aquel mismo lado.

—¡Burros en el campo a estas horas! —siguió
2320 pensando la señá Frasquita—. Pues lo que es por aquí no hay ninguna huerta ni cortijo... ¡Vive Dios que los duendes se están despachando esta noche a su gusto! Porque la borrica de mi marido no puede ser... ¿Qué haría mi Lu-
2325 cas a medianoche, parado fuera del camino? ¡Nada!, ¡nada! ¡Indudablemente es un espía!

La burra que montaba la señá Frasquita creyó oportuno rebuznar también en aquel instante.

—¡Calla, demonio! —le dijo la navarra, cla-
2330 vándole un alfiler de a ochavo[2] en mitad de la cruz.

Y, temiendo algún encuentro que no le conviniese, sacó también su bestia fuera del camino, y la hizo trotar por otros sembrados.

2335 Sin más accidente, llegó a las puertas del lugar, a tiempo que serían las once de la noche.

[1] El que tiene por oficio prender a las personas.

[2] Moneda de cobre de poco valor.

▼ El título nos da la clave de la relación de este pasaje con el del capítulo XIX. Las acciones de ambos son simultáneas.

## XXIV

## UN REY DE ENTONCES

Hallábase ya durmiendo la mona el señor alcalde, vuelta la espalda a la espalda de su mujer (y formando así con ésta la figura de águila austríaca de dos cabezas▼ que dice nuestro inmortal Quevedo), cuando Toñuelo llamó a la puerta de la cámara nupcial, y avisó al señor Juan López que la señá Frasquita, la del molino, quería hablarle.

No tenemos para qué referir todos los gruñidos y juramentos inherentes[1] al acto de despertar y vestirse el alcalde de monterilla, y nos trasladamos desde luego al instante en que la Molinera lo vio llegar, desperezándose como un gimnasta que ejercita la musculatura, y exclamando en medio de un bostezo interminable▼▼:

—¡Téngalas usted muy buenas, señá Frasquita! ¿Qué le trae a usted por aquí? ¿No le dijo a usted Toñuelo que se quedase en el molino? ¿Así desobedece usted a la autoridad?

—¡Necesito ver a mi Lucas! —respondió la navarra—. ¡Necesito verlo al instante! ¡Que le digan que está aquí su mujer!

2340

2345

2350

2355

[1] Unido por su naturaleza.

▼ En el escudo de la casa de Austria figuraba un águila bicéfala. La referencia a Quevedo tiene que ver con la gracia de la imagen.

▼▼ Alarcón poseía una envidiable capacidad para la utilización del lenguaje figurado. Observa la presencia de recursos literarios en estas líneas.

2360  «¡Necesito! ¡Necesito!» Señora, ¡a usted se le olvida que está hablando con el rey!...

—¡Déjeme usted a mí de reyes, señor Juan, que no estoy para bromas! ¡Demasiado sabe usted lo que me sucede! ¡Demasiado sabe para qué
2365  ha preso a mi marido!

—Yo no sé nada, señá Frasquita... Y en cuanto a su marido de usted, no está preso, sino durmiendo tranquilamente en esta su casa, y tratado como yo trato a las personas. ¡A ver, To-
2370  ñuelo! ¡Toñuelo! Anda al pajar, y dile al tío Lucas que se despierte y venga corriendo... Conque vamos... ¡cuénteme usted lo que pasa!... ¿Ha tenido usted miedo de dormir sola?

—¡No sea usted desvergonzado, señor Juan!
2375  ¡Demasiado sabe usted que a mí no me gustan sus bromas ni sus veras! ¡Lo que pasa es una cosa muy sencilla: que usted y el señor Corregidor han querido perderme! ¡Pero se han llevado solemne chasco[2]! ¡Yo estoy aquí sin te-
2380  ner de qué abochornarme, y el señor Corregidor se queda en el molino muriéndose!...

—¡Muriéndose el Corregidor! —exclamó su subordinado—. Señora, ¿sabe usted lo que dice?

—¡Lo que usted oye! Se ha caído en el caz, y
2385  casi se ha ahogado, o ha cogido una pulmonía, o yo no sé... ¡Eso es cuenta de la Corregidora! Yo vengo a buscar a mi marido, sin perjuicio de salir mañana mismo para Madrid, donde lo contaré al rey...

2390  —¡Demonio, demonio! —murmuró el señor Juan López—. ¡A ver, Manuela!... ¡Muchacha!... ¡Muchacha!... Anda y aparéjame la mulilla... Señá Frasquita, al molino voy... ¡Des-

----

²  Sorpresa.

graciada de usted si le ha hecho algún daño al
señor Corregidor!

—¡Señor alcalde, señor alcalde! —exclamó en
esto Toñuelo, entrando más muerto que
vivo—. El tío Lucas no está en el pajar. Su burra no se halla tampoco en los pesebres, y la
puerta del corral está abierta... ¡De modo que
el pájaro se ha escapado!

—¿Qué estás diciendo? —gritó el señor Juan
López.

—¡Virgen del Carmen! ¿Qué va a pasar en mi
casa? —exclamó la señá Frasquita—. ¡Corra-
mos, señor alcalde; no perdamos tiempo!... Mi
marido va a matar al Corregidor al encontrar-
lo allí a estas horas...

—¿Luego usted cree que el tío Lucas está en el
molino?

—¿Pues no lo he de creer? Digo más...: cuando
yo venía me he cruzado con él sin conocerlo.
¡Él era sin duda uno que echaba yescas en medio de un sembrado! ¡Dios mío! ¡Cuando piensa una que los animales tienen más entendi-
miento que las personas! Porque ha de saber
usted, señor Juan, que indudablemente nuestras dos burras se reconocieron y se saludaron,
mientras que mi Lucas y yo ni nos saludamos
ni nos reconocimos... ¡Antes bien huimos el
uno del otro, tomándonos mutuamente por
espías...!

—¡Bueno está su Lucas de usted! —replicó el
alcalde—. En fin, vamos andando y ya veremos
lo que hay que hacer con todos ustedes. ¡Conmigo no se juega! ¡Yo soy el rey!... Pero no un
rey como el que ahora tenemos en Madrid, o

[3] Residencia de los reyes cercana a Madrid.

[4] Rey de Castilla (1334-1369).

sea, en El Pardo[3], sino como aquel que hubo en Sevilla, a quien llamaban don Pedro el Cruel[4]. ¡A ver, Manuela! ¡Tráeme el bastón, y dile a tu ama que me marcho[▼]!　2430

Obedeció la sirvienta (que era por cierto más buena moza de lo que convenía a la alcaldesa y a la moral)[▼▼] y, como la mulilla del señor Juan López estuviese ya aparejada, la señá Frasquita y él salieron para el molino, seguidos del indispensable Toñuelo.　2435

[▼] El tono crítico que parece animar las palabras del alcalde encaja con la actitud ignorante y feroz del personaje, perfectamente caricaturizado.

[▼▼] Alarcón destaca con malicia las condiciones de la sirvienta. En el capítulo XIV Garduña se refirió a las debilidades del alcalde.

## XXV

## LA ESTRELLA DE GARDUÑA

Precedámosles[*] nosotros, supuesto que tenemos carta blanca para andar más de prisa que nadie.

2440 Garduña se hallaba ya de vuelta en el molino, después de haber buscado a la señá Frasquita por todas las calles de la ciudad.

El astuto alguacil había tocado de camino en el Corregimiento[1], donde lo encontró todo
2445 muy sosegado. Las puertas seguían abiertas como en medio del día, según es costumbre cuando la autoridad está en la calle ejerciendo sus sagradas funciones. Dormitaban en la meseta de la escalera y en el recibimiento otros al-
2450 guaciles y ministros[2] esperando descansadamente a su amo; mas cuando sintieron llegar a Garduña, desperezáronse dos o tres de ellos, y le preguntaron al que era su decano[3] y jefe inmediato:

2455 —¿Viene ya el señor?

—¡Ni por asomo! Estaos quietos. Vengo a saber si ha habido novedad en la casa...

—Ninguna.

—¿Y la señora?

[1] Oficina del Corregidor.

[2] Agentes.

[3] El más antiguo de la corporación.

---

[*] El narrador se vale de su capacidad para dominar el tiempo y el espacio. El recurso nos hace pensar en las técnicas del cinematógrafo.

—Recogida en sus aposentos. 2460

—¿No ha entrado una mujer por estas puertas hace poco?

—Nadie ha aparecido por aquí en toda la noche...

—Pues no dejéis entrar a persona alguna, sea 2465 quien sea y diga lo que diga. ¡Al contrario! Echadle mano al mismo lucero del alba[4] que venga a preguntar por el Señor o por la Señora, y llevadlo a la cárcel.

> [4] El planeta Venus.

—¿Parece que esta noche se anda a caza de pá- 2470 jaros de cuenta[5]? —preguntó uno de los esbirros.

> [5] Hombres a los que hay que tratar con cautela.

—¡Caza mayor! —añadió otro.

—¡Mayúscula! —respondió Garduña solemnemente—. ¡Figuraos si la cosa será delicada, 2475 cuando el señor Corregidor y yo hacemos la batida por nosotros mismos!... Conque... hasta luego, buenas piezas, y ¡mucho ojo!

—Vaya usted con Dios, señor Bastián —repusieron todos saludando a Garduña. 2480

¡Mi estrella se eclipsa! —murmuró éste al salir del Corregimiento—. ¡Hasta las mujeres me engañan! La Molinera se encaminó al lugar en busca de su esposo, en vez de venirse a la ciudad... ¡Pobre Garduña! ¿Qué se ha hecho de tu 2485 olfato?

Y, discurriendo de este modo, tomó la vuelta al molino.

Razón tenía el alguacil para echar de menos su antiguo olfato, pues que no venteó[6] a un 2490

> [6] Olfateó.

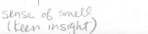

hombre que se escondía en aquel momento detrás de unos mimbres, a poca distancia de la ramblilla, y el cual exclamó para su capote, o más bien para su capa grana:

2495 —¡Guarda, Pablo! ¡Por allí viene Garduña!... Es menester que no me vea▼...

Era el tío Lucas, vestido de corregidor, que se dirigía a la ciudad, repitiendo de vez en cuando su diabólica frase:

2500 —¡También la Corregidora es guapa!

Pasó Garduña sin verlo, y el falso corregidor dejó su escondite y penetró en la población... Poco después llegaba el alguacil al molino, según dejamos indicado.

---

▼ «¡Guarda, Pablo!» La frase es un ejemplo de la utilización de expresiones populares.

## XXVI

## REACCIÓN

El Corregidor seguía en la cama, tal y como    2505
acababa de verlo el tío Lucas por el ojo de la
llave.

—¡Qué bien sudo, Garduña! ¡Me he salvado de
una enfermedad! —exclamó tan luego como
penetró el alguacil en la estancia—. ¿Y la señá    2510
Frasquita? ¿Has dado con ella? ¿Viene contigo? ¿Ha hablado con la Señora?

—La Molinera, señor —respondió Garduña
con angustiado acento—, me engañó como a
un pobre hombre; pues no se fue a la ciudad,    2515
sino al pueblecillo... en busca de su esposo.
Perdone Usía la torpeza.

—¡Mejor! ¡Mejor! —dijo el madrileño, con los
ojos chispeantes de maldad—. ¡Todo se ha salvado entonces! Antes de que amanezca estarán    2520
caminando para las cárceles de la Inquisición[1],
atados codo con codo, el tío Lucas y la señá
Frasquita, y allá se pudrirán sin tener a quien
contarles sus aventuras de esta noche. Tráeme
la ropa, Garduña, que ya estará seca.▼ ¡Tráeme-    2525
la y vísteme! ¡El amante se va a convertir en
Corregidor!...

Garduña bajó a la cocina por la ropa.▼▼

....................................................

[1] Tribunal eclesiásti-
co que perseguía y
castigaba los delitos
contra la fe.

▼ Quizá sea uno de los detalles menos verosímiles de la obra. ¿Cómo suponer
que las ropas se secaron tan rápidamente?

▼▼ El capítulo se cierra con una línea de puntos. La acción queda en suspenso.

## XXVII

## ¡FAVOR AL REY▾!

Entre tanto, señá Frasquita, el señor Juan Ló-
2530  pez y Toñuelo avanzaba hacía el molino, al
cual llegaron pocos minutos después.

—¡Yo entraré delante! —exclamó el alcalde de
monterilla—. ¡Para algo soy la autoridad! Sí-
gueme, Toñuelo, y usted, señá Frasquita, es-
2535  pérese a la puerta hasta que yo la llame.

Penetró, pues, el señor Juan López bajo la parra, donde vio a la luz de la luna un hombre
casi jorobado, vestido como solía el Molinero,
con chupetín[1] y calzón de paño pardo, faja ne-
2540  gra, medias azules, montera[2] murciana de felpa[3], y el capote de monte al hombro.

—¡Él es! —gritó el alcalde—. ¡Favor al rey!
¡Entréguese usted, tío Lucas!

El hombre de la montera intentó meterse en el
2545  molino.

—¡Date! —gritó a su vez Toñuelo, saltando sobre él, cogiéndolo por el pescuezo, aplicándole
una rodilla al espinazo y haciéndole rodar por
tierra.

2550  Al mismo tiempo, otra especie de fiera saltó sobre Toñuelo, y agarrándolo de la cintura, lo
tiró sobre el empedrado, y principió a darle de
bofetones.

Era la señá Frasquita, que exclamaba:

2555  —¡Tunante! ¡Deja a mi Lucas!

[1] Especie de ajusta-
dor, con faldillas pe-
queñas.

[2] Prenda de paño
para abrigar la cabe-
za.

[3] Tejido aterciopela-
do por una cara.

▾ El origen de este título hay que buscarlo en el capítulo XXIV.

Pero, en esto, otra persona, que había aparecido llevando del diestro una borrica, metióse resueltamente entre los dos, y trató de salvar a
Toñuelo...

Era Garduña, que, tomando al alguacil del lu-          2560
gar por don Eugenio de Zúñiga, le decía a la
Molinera:

—¡Señora, respete usted a mi amo!
Y la derribó de espaldas sobre el lugareño.

La señá Frasquita, viéndose entre dos fuegos,          2565
descargó entonces a Garduña tal revés en me-
dio del estómago, que le hizo caer de boca tan
largo como era.

Y, con él, ya eran cuatro las personas que ro-
daban por el suelo.                                    2570

El señor Juan López impedía entre tanto le-
vantarse al supuesto tío Lucas, teniéndole
plantado un pie sobre los riñones▼.

—¡Garduña! ¡Socorro! ¡Favor al rey! ¡Yo soy
el Corregidor! —gritó al fin don Eugenio, sin-        2575
tiendo que la pezuña del alcalde, calzada con
albarca⁴ de piel de toro, lo reventaba materialmente.

—¡El Corregidor! ¡Pues es verdad! —dijo el señor Juan López, lleno de asombro...                   2580

—¡El Corregidor! —repitieron todos. Y pronto estuvieron de pie los cuatro derribados,

⁴ Calzado rústico.

▼ Según Manuel Góngora y Ayustante, esta escena se inspira en el capítulo XVI
de la primera parte del *Quijote* (M. Góngora y Ayustante, *Pedro Antonio de Alarcón, novelista*, Tipografía Comercial, Granada, 1910).

—¡Todo el mundo a la cárcel! —exclamó don
Eugenio de Zúñiga—. ¡Todo el mundo a la
2585  horca!

—Pero, señor... —observó el señor Juan López,
poniéndose de rodillas—. ¡Perdone Usía que
lo haya maltratado! ¿Cómo había de conocer a
Usía con esa ropa tan ordinaria?

2590  —¡Bárbaro! —replicó el Corregidor—. ¡Alguna había de ponerme! ¿No sabes que me han
robado la mía? ¿No sabes que una compañía
de ladrones mandada por el tío Lucas...?

—¡Miente usted! —gritó la navarra.

2595  —Escúcheme usted, señá Frasquita —le dijo
Garduña, llamándola aparte—. Con permiso
del señor Corregidor y la compaña[5]... ¡Si usted no arregla esto, nos van a ahorcar a todos,
empezando por el tío Lucas!...

2600  —Pues ¿qué ocurre?— preguntó la señá Frasquita.

—Que el tío Lucas anda a estas horas por la
ciudad vestido de corregidor..., y que sabe Dios
si habrá llegado con su disfraz hasta el propio
2605  dormitorio de la Corregidora.

Y el alguacil le refirió en cuatro palabras todo
lo que ya sabemos.

—¡Jesús! —exclamó la Molinera—. ¡Conque
mi marido me cree deshonrada! ¡Conque ha
2610  ido a la ciudad a vengarse! ¡Vamos, vamos a la
ciudad, y justificadme a los ojos de mi Lucas▼!

[5] Compañía.

▼ Es en este momento cuando la inquietud estalla en el pecho de la Molinera.
Repárese en la utilización de las exclamaciones.

—¡Vamos a la ciudad, e impidamos que ese hombre hable con mi mujer y le cuente todas las majaderías[6] que se haya figurado! —dijo el Corregidor, arrimándose a una de las burras—. 2615
Déme usted un pie para montar, señor alcalde.

> [6] Dichos o hechos necios o impertinentes.

—¡Vamos a la ciudad, sí! —añadió Garduña—; ¡y quiera el cielo, señor Corregidor, que el tío Lucas, amparado por su vestimenta, se haya contentado con hablarle a la Señora! 2620

—¿Qué dices, desgraciado? —prorrumpió don Eugenio de Zúñiga—. ¿Crees tú a ese villano capaz?...

—¡De todo! —contestó la señá Frasquita[▼].

▼ La intriga toma fuerza al final del capítulo. La capacidad del autor para mantener el interés parece inagotable.

## COMENTARIO 4 (Cap. XXVII)

◣ *Resume en unas líneas el contenido de este fragmento.*

◣ *¿El comportamiento de la señá Frasquita está en consonancia con su desarrollo como personaje a lo largo de la obra?*

◣ *Papel de las ropas en este capítulo.*

◣ *¿Qué formas verbales utiliza principalmente el alcalde? ¿Qué valor tienen?*

◣ *Señala algunas de las oraciones unimembres que aparecen en el texto y justifica su presencia en el mismo.*

◣ *Explica la utilización lingüística y literaria de la forma verbal «vamos».*

◣ *Valora la presencia o ausencia de adjetivos calificativos en estas líneas.*

◣ *¿Por qué emplea el autor tantas exclamaciones?*

## XXVIII

## ¡AVE MARÍA PURÍSIMA!
## ¡LAS DOCE Y MEDIA Y SERENO[▼]!

2625 Así gritaba por las calles de la ciudad quien tenía facultades para tanto, cuando la Molinera
y el Corregidor, cada cual en una de las burras
del molino, el señor Juan López en su mula,
y los dos alguaciles andando, llegaron a la
2630 puerta del Corregimiento.

La puerta estaba cerrada.

Dijérase que para el gobierno, lo mismo que
para los gobernados, había concluido todo por
aquel día.

2635 —¡Malo! —pensó Garduña.

Y llamó con el aldabón[1] dos o tres veces.

Pasó mucho tiempo, y ni abrieron ni contestaron.

La señá Frasquita estaba más amarilla que la
2640 cera.

El Corregidor se había comido ya todas las
uñas de ambas manos.

¡Pum!... ¡Pum!... ¡Pum[▼▼]!..., golpes y más golpes a la puerta del Corregimiento (aplicados

[1] Aldaba, picaporte.

---

[▼] El título insiste en dar pistas sobre el desarrollo temporal de la acción. La referencia al sereno es una muestra más del ingenio de Alarcón.

[▼▼] En estas líneas se prodiga, una vez más, el empleo de recursos literarios. Observa la presencia de esta graciosa onomatopeya.

sucesivamente por los dos alguaciles y por el     2645
señor Juan López)... ¡Y nada! ¡No respondía
nadie! ¡No abrían! ¡No se movía una mosca!
¡Sólo se oía el claro rumor de los caños de una
fuente que había en el patio de la casa!

Y de esta manera transcurrían los minutos, lar-     2650
gos como eternidades.

Al fin, cerca de la una, abrióse un ventanillo
del piso segundo, y dijo una voz femenina:

—¿Quién?

—Es la voz del ama de leche... —murmuró     2655
Garduña.

—¡Yo! —respondió don Eugenio de Zúñiga—.
¡Abrid!

Pasó un instante de silencio.

—¿Y quién es usted? —replicó luego la no-     2660
driza.

—¿Pues no me está usted oyendo? ¡Soy el
amo!... ¡El Corregidor!....

Hubo otra pausa.

—¡Vaya usted mucho con Dios! —repuso la     2665
buena mujer—. Mi amo vino hace una hora,
y se acostó en seguida. ¡Acuéstense ustedes también, y duerman el vino que tendrán en el
cuerpo!

Y la ventana se cerró de golpe.     2670

La señá Frasquita se cubrió el rostro con las
manos.

—¡Ama! —tronó el Corregidor, fuera de sí—.
¿No oye usted que le digo que abra la puerta?

2675   ¿No oye usted que soy yo? ¿Quiere usted que
la ahorque también?

La ventana volvió a abrirse.

—Pero vamos a ver... —expuso el ama—.
¿Quién es usted para dar esos gritos?

2680   —¡Soy el Corregidor!

—¡Dale bola[2]! ¿No le digo a usted que el se-       ........................
ñor Corregidor vino antes de las doce... y que        [2] Expresión para re-
yo lo vi con mis propios ojos encerrarse en las       probar con enfado la
habitaciones de la Señora? ¿Se quiere usted di-       obstinación o terque-
2685   vertir conmigo? ¡Pues espere usted..., y verá lo   dad.
que le pasa!

Al mismo tiempo se abrió repentinamente la           ........................
puerta y una nube de criados y ministriles[3],        [3] Ministros inferiores
provistos de sendos garrotes, se lanzó sobre los      de la justicia.
2690   de afuera, exclamando furiosamente:

—¡A ver! ¿Dónde está ese que dice que es el Corregidor? ¿Dónde está ese chusco? ¿Dónde está
ese borracho?

Y se armó un lío de todos los demonios en me-
2695   dio de la oscuridad, sin que nadie pudiera en-
tenderse, y no dejando de recibir algunos palos el Corregidor, Garduña, el señor Juan López y Toñuelo▼.

Era la segunda paliza que le costaba a don Eu-
2700   genio su aventura de aquella noche, además
del remojón que se dio en el caz del molino.

||||||||||||||||||||||||||||||||||||||||||||||||||||||||||||||||||||||||||||||||||||||||||||||||||||||||||||||

▼ Otra escena que recuerda los momentos más chispeantes de los sainetes e, incluso, del posterior cine cómico.

La señá Frasquita, apartada de aquel laberinto, lloraba por la primera vez de su vida...

—¡Lucas! ¡Lucas! —decía—. ¡Y has podido dudar de mí! ¡Y has podido estrechar en tus brazos a otra! ¡Ah! ¡Nuestra desventura no tiene ya remedio▼!. 2705

▼ En los últimos capítulos se acentúa el tono melodramático, aunque tratado de forma jocosa. Este final está en esa línea.

## XXIX

## «POST NUBILA... DIANA[*]»

—¿Qué escándalo es éste? —dijo al fin una voz
tranquila, majestuosa y de gracioso timbre, re-
2710 sonando encima de aquella barahúnda[1].

Todos levantaron la cabeza, y vieron a una mujer vestida de negro asomada al balcón principal del edificio.

—¡La Señora! —dijeron los criados, suspen-
2715 diendo la retreta[2] de palos.

—¡Mi mujer! —tartamudeó don Eugenio.

—Que pasen esos rústicos... El señor Corregidor dice que lo permite... —agregó la Corregidora.

Los criados cedieron paso, y el de Zúñiga y sus
2720 compañeros penetraron en el portal y tomaron
por la escalera de arriba.

Ningún reo ha subido al patíbulo con paso tan
inseguro y semblante tan demudado[3] como el
Corregidor subía las escaleras de su casa[**]. Sin
2725 embargo, la idea de su deshonra principiaba
ya a descollar, con noble egoísmo, por encima
de todos los infortunios que había causado y
que lo afligían y sobre las demás ridiculeces de
la situación en que se hallaba...

[1] Ruido y confusión
grandes.

[2] Tunda, mano.

[3] Con el color cam-
biado.

‖‖‖‖‖‖‖‖‖‖‖‖‖‖‖‖‖‖‖‖‖‖‖‖‖‖‖‖‖‖‖‖‖‖‖‖‖‖‖‖‖‖‖‖‖‖‖‖‖‖‖‖‖‖‖‖‖‖‖‖‖‖‖‖‖‖‖‖‖‖‖‖‖‖‖‖‖‖

[*] En varias ocasiones hemos observado la presencia de expresiones latinas. *Post
nubila... Diana:* «Después de las nubes... la luz».

[**] La comparación incide en el tono hiperbólico y de comicidad que preside la
obra.

—¡Antes que todo —iba pensando—, soy un 2730
Zúñiga y un Ponce de León!... ¡Ay de aquellos
que lo hayan echado en olvido! ¡Ay de mi mujer, si ha mancillado[4] mi nombre!

[4] Ha manchado.

## XXX

## UNA SEÑORA DE CLASE

La Corregidora recibió a su esposo y la rústica comitiva en el salón principal del Corregimiento.

Estaba sola, de pie y con los ojos clavados en la puerta.

Érase una principalísima dama, bastante joven todavía, de plácida y severa hermosura, más propia del pincel cristiano que del cincel gentílico[1], y estaba vestida con toda la nobleza y seriedad que consentía el gusto de la época. Su traje, de corta y estrecha falda y mangas huecas y subidas, era de alepín[2] negro: una pañoleta de blonda[3] blanca, algo amarillenta, velaba sus admirables hombros, y larguísimos maniquetes o mitones[4] de tul negro cubrían la mayor parte de sus alabastrinos brazos. Abanicábase majestuosamente con un pericón[5] enorme, traído de las islas Filipinas, y empuñaba con la otra mano un pañuelo de encaje, cuyos cuatro picos colgaban simétricamente con una regularidad sólo comparable a la de su actitud y menores movimientos▼.

Aquella hermosa mujer tenía algo de reina y mucho de abadesa, e infundía por ende veneración y miedo a cuantos la miraban. Por lo de-

[1] Perteneciente a los gentiles o paganos.

[2] Tela muy fina de lana.

[3] Encaje de seda.

[4] Especie de guantes de punto que dejan al descubierto los dedos.

[5] Abanico muy grande.

---

▼ El novelista intercala esta descripción en un momento de gran interés, con lo que se retarda el desarrollo de la acción y se alarga la intriga.

6 Compostura, arreglo cuidadoso.

más, el atildamiento[6] de su traje a semejante
hora, la gravedad de su continente y las mu-    2760
chas luces que alumbraban el salón demostra-
ron que la Corregidora se había esmerado en
dar a aquella escena una solemnidad teatral[▼]
y un tinte ceremonioso que contrastasen con
el carácter villano y grosero de la aventura de    2765
su marido.

Advertiremos, finalmente, que aquella señora
se llamaba doña Mercedes Carrillo de Albor-
noz y Espinosa de los Monteros[▼▼], y que era
hija, nieta, biznieta, tataranieta y hasta vigési-    2770
ma nieta de la ciudad, como descendiente de
sus ilustres conquistadores. Su familia, por razones de vanidad mundana, le había inducido
a casarse con el viejo y acaudalado Corregidor,
y ella, que de otro modo hubiera sido monja,    2775
pues su vocación natural la iba llevando al
claustro, consintió en aquel doloroso sacri-
ficio.

7 Hijos, descendientes.

A la sazón tenía ya dos vástagos[7] del arrisca-
do[8] madrileño, y aún se susurraba que había    2780
otra vez moros en la costa...

8 Resuelto, atrevido.

Conque volvamos a nuestro cuento[▼▼▼].

---

[▼] Efectivamente, la situación parece más propia de una escena teatral. No olvidemos que el propio Alarcón recomendó la historia para que fuese convertida en obra de teatro.

[▼▼] Si los apellidos de don Eugenio apuntaban a una ascendencia linajuda, no menos aristocrático abolengo se desprende de los de la Corregidora.

[▼▼▼] Referencia a la idea de volver a la narración tras la pausa descriptiva.

## XXXI

## LA PENA DEL TALIÓN [▼]

—¡Mercedes! —exclamó el Corregidor al comparecer delante de su esposa.

2785 —¡Hola, tío Lucas! ¿Usted por aquí? —díjole la Corregidora, interrumpiéndole—. ¿Ocurre alguna desgracia en el molino?

—¡Señora, no estoy para chanzas[1]! —repuso el Corregidor hecho una fiera—. Antes de entrar
2790 en explicaciones por mi parte necesito saber qué ha sido de mi honor...

[1] Bromas.

—¡Esa no es cuenta mía! ¿Acaso me lo ha dejado usted a mí en depósito?

—Sí, señora... ¡A usted! —replicó don Euge-
2795 nio—. ¡Las mujeres son las depositarias del honor de sus maridos [▼▼]!

—Pues entonces, mi querido tío Lucas, pregúntele usted a su mujer... Precisamente nos está escuchando.

2800 La señá Frasquita, que se había quedado a la puerta del salón, lanzó una especie de rugido.

---

[▼] El título alude a una vieja ley bíblica expresada repetidas veces en el Antiguo Testamento. Se trata de la conocida sentencia «Ojo por ojo y diente por diente».

[▼▼] Esta idea se mantuvo siempre en la tradición del honor. De ahí que la venganza del deshonrado, frecuentemente, alcanzara también a la mujer.

—Pase usted, señora, y siéntese... —añadió la Corregidora, dirigiéndose a la Molinera con dignidad soberana.

Y, por su parte, encaminóse al sofá.                          2805

La generosa navarra supo comprender, desde luego, toda la grandeza de la actitud de aquella esposa injuriada..., e injuriada acaso doblemente... Así es que, alzándose en el acto a igual altura, dominó sus naturales ímpetus, y guar-    2810
dó un silencio decoroso[2]. Esto sin contar con que la señá Frasquita, segura de su inocencia y de su fuerza, no tenía prisa en defenderse; teníala, sí, de acusar..., mucha..., pero no ciertamente a la Corregidora. ¡Con quien ella desea-    2815
ba ajustar cuentas era con el tío Lucas... y el tío Lucas no estaba allí!

—Señá Frasquita... —repitió la noble dama al ver que la Molinera no se había movido de su sitio—: le he dicho a usted que puede pasar y    2820
sentarse.

Esta segunda indicación fue hecha con voz más afectuosa y sentida que la primera... Dijérase que la Corregidora había adivinado también por instinto, al fijarse en el reposado continen-    2825
te y en la varonil hermosura de aquella mujer, que no iba a habérselas con un ser bajo y despreciable, sino quizá más bien con otra infortunada como ella; ¡infortunada, sí, por el solo hecho de haber conocido al Corregidor!    2830

Cruzaron, pues, sendas miradas de paz y de indulgencia aquellas dos mujeres que se consideraban dos veces rivales, y notaron con gran sorpresa que sus almas se aplacieron[3] la una en la otra, como dos hermanas que se re-    2835
conocen.

---

[2] Respetuoso, recatado.

---

[3] Agradaron.

No de otro modo se divisan y saludan a lo lejos las castas nieves de las encumbradas montañas ▼.

Saboreando estas dulces emociones, la Molinera entró majestuosamente en el salón, y se sentó en el filo⁴ de una silla.                           2840

A su paso por el molino, previniendo que en la ciudad tendría que hacer visitas de importancia, se había arreglado un poco y puéstose una mantilla de franela⁵ negra, con grandes felpones⁶, que la sentaba divinamente. Parecía toda una señora.                                  2845

Por lo que toca al Corregidor, dicho se está que había guardado silencio durante aquel episodio. El rugido de la señá Frasquita y su aparición en la escena no habían podido menos que sobresaltarlo. ¡Aquella mujer le causaba ya más terror que la suya propia!                     2850

—Conque vamos, tío Lucas... —prosiguió    2855
doña Mercedes, dirigiéndose a su marido—. Ahí tiene usted a la señá Frasquita... ¡Puede usted volver a formular su demanda⁷! ¡Puede usted preguntarle aquello de su honra!

Mercedes, ¡por los clavos de Cristo! —gritó   2860
el Corregidor—. ¡Mira que tú no sabes de lo que soy capaz! ¡Nuevamente te conjuro a que dejes la broma y me digas todo lo que ha pasado durante mi ausencia. ¿Dónde está ese hombre?                                          2865

—¿Quién? ¿Mi marido?... Mi marido se está levantando, y ya no puede tardar en venir.

⁴ Borde.

⁵ Tela fina de lana.

⁶ Aumentativo de «felpa».

⁷ Petición, pregunta.

▼ Esta evocación presenta claras connotaciones románticas.

—¡Levantándose! —bramó don Eugenio.

—¿Se asombra usted? ¿Pues dónde quería us-
2870 ted que estuviese a estas horas un hombre de
bien sino en su casa, en su casa y durmiendo
con su legítima consorte[8], como manda Dios?   [8] Esposa.

—¡Merceditas! ¡Ve lo que te dices! ¡Repara en
2875 que nos están oyendo! ¡Repara en que soy el
Corregidor!...

—¡A mí no me dé usted voces, tío Lucas, o
mandaré a los alguaciles que lo lleven a la cárcel! —replicó la Corregidora, poniéndose de
2880 pie.

—¡Yo a la cárcel! ¡Yo! ¡El Corregidor de la
ciudad!

—El Corregidor de la ciudad, el representante
de la justicia, el apoderado del rey —repuso la
2885 gran señora con una severidad y una energía
que ahogaron la voz del fingido Molinero—,
llegó a su casa a la hora debida, a descansar de
las nobles tareas de su oficio, para seguir mañana amparando la honra y la vida de los ciu-
2890 dadanos, la santidad del hogar y el recato[9] de   [9] Honestidad, mo-
las mujeres, impidiendo de este modo que na-           destia.
die pueda entrar, disfrazado de corregidor ni de
ninguna otra cosa, en la alcoba de la mujer aje-
na; que nadie pueda sorprender a la virtud en
2895 su descuidado reposo; que nadie pueda abusar
de su casto sueño...

—¡Merceditas! ¿Qué es lo que profieres? —sil-
bó el Corregidor con labios y encías—. ¡Si es
verdad que ha pasado en mi casa, diré que eres
2900 una pícara, una pérfida, una licenciosa▼!

|||||||||||||||||||||||||||||||||||||||||||||||||||||||||||||||||||||||||||||||||||||||||||||||||||||||||||

▼ El empleo de la enumeración y de la gradación es de uso muy frecuente en
esta obra. ¿De qué figura se trata en este caso?

—¿Con quién habla este hombre? —prorrumpió la Corregidora desdeñosamente y pasando la vista por todos los circunstantes—. ¿Quién es este loco? ¿Quién es este ebrio[10]!... ¡Ni siquiera puedo ya creer que sea un honrado molinero como el tío Lucas, a pesar de que viste su traje de villano! Señor Juan López, créame usted —continuó, encarándose con el alcalde de monterilla, que estaba aterrado—: mi marido, el Corregidor de la ciudad, llegó a esta su casa hace dos horas, con su sombrero de tres picos, su capa de grana, su espadín de caballero y su bastón de autoridad... Los criados y alguaciles que me escuchan se levantaron, y lo saludaron al verlo pasar por el portal, por la escalera y por el recibimiento. Cerráronse en seguida todas las puertas, y desde entonces no ha penetrado nadie en mi hogar hasta que llegaron ustedes. ¿Es cierto? Responded vosotros.

—¡Es verdad! ¡Es muy verdad! —contestaron la nodriza, los domésticos[11] y los ministriles; todos los cuales, agrupados a la puerta del salón, presenciaban aquella singular escena.

—¡Fuera de aquí todo el mundo! —gritó don Eugenio, echando espumarajos de rabia—. ¡Garduña! ¡Garduña! ¡Ven y prende a estos viles que me están faltando al respeto! ¡Todos a la cárcel! ¡Todos a la horca!

Garduña no aparecía por ningún lado.

—Además, señor... —continuó doña Mercedes, cambiando de tono y dignándose ya mirar a su marido y tratarle como a tal, temerosa de que las chanzas llegaran a irremediables extremos—. Supongamos que usted es mi esposo...

[10] Borracho.

[11] Criados.

2905

2910

2915

2920

2925

2930

2935    Supongamos que usted es don Eugenio de Zú-
        ñiga y Ponce de León.

        —¡Lo soy!

        —Supongamos, además, que me cupiese algu-
        na culpa en haber tomado por usted al hom-
2940    bre que penetró en mi alcoba vestido de co-
        rregidor...

        —¡Infames! —gritó el viejo, echando mano a
        la espada, y encontrándose sólo con el sitio, o
        sea, con la faja del molinero murciano.

2945    La navarra se tapó el rostro con un lado de la
        mantilla para ocultar las llamaradas de sus
        celos.

        —Supongamos todo lo que usted quiera
        —continuó doña Mercedes con una impasibi-
2950    lidad inexplicable—. Pero dígame usted aho-
        ra, señor mío: ¿Tendría derecho a quejarse?
        ¿Podría usted acusarme como fiscal[12]? ¿Podría
        usted sentenciarme como juez? ¿Viene usted de
        confesar? ¿Viene usted de oír misa? ¿O de dón-
2955    de viene usted con ese traje? ¿De dónde viene
        usted con esa señora? ¿Dónde ha pasado usted
        la mitad de la noche?

        —Con permiso... —exclamó la señá Frasquita,
        poniéndose en pie como empujada por un re-
2960    sorte y atravesándose arrogantemente entre la
        Corregidora y su marido.

        Éste, que iba a hablar, se quedó con la boca
        abierta al ver que la navarra entraba en fuego.

        Pero doña Mercedes se anticipó, y dijo:

2965    —Señora, no se fatigue usted en darme a mí ex-
        plicaciones... Yo no se las pido a usted, ni mu-

[12] Encargado de la
acusación pública en
los tribunales.

cho menos. Allí viene quien puede pedírselas
a justo título... ¡Entiéndase usted con él!

Al mismo tiempo se abrió la puerta de un gabinete y apareció en ella el tío Lucas, vestido          2970
de corregidor de pies a cabeza, y con bastón,
guantes y espadín como si se presentase en las
Salas de Cabildo▼.

City Council Chambers

---

▼ El enredo, otra de las características de la novela, se hace patente en este final
de capítulo.

## XXXII

## LA FE MUEVE LAS MONTAÑAS[▼]

—Tengan ustedes muy buenas noches —pronunció el recién llegado, quitándose el sombrero de tres picos, y hablando con la boca sumida[1], como solía don Eugenio de Zúñiga.

En seguida se adelantó al salón, balanceándose en todos los sentidos, y fue a besar la mano de la Corregidora.

Todos se quedaron estupefactos. El parecido del tío Lucas con el verdadero Corregidor era maravilloso.

Así es que la servidumbre, y hasta el mismo señor Juan López, no pudieron contener la carcajada[▼▼].

Don Eugenio sintió aquel nuevo agravio, y se lanzó sobre el tío Lucas como un basilisco[2].

Pero la señá Frasquita metió el montante[3], apartando al Corregidor con el brazo de marras, y Su Señoría, en evitación de otra voltereta y del consiguiente ludibrio[4], se dejó atropellar sin decir oxte ni moxte[5]. Estaba visto que aquella mujer había nacido para domadora del pobre viejo.

[1] Hundida hacia el interior.

[2] Animal que, según la tradición, mataba con la vista.

[3] Intervino.

[4] Burla, desprecio.

[5] Sin hablar palabra.

[▼] El título está tomado del *Evangelio de San Mateo* (Mat. 17, 20). En varias ocasiones el autor ha recurrido a citas de la Biblia para resumir el contenido de los capítulos.

[▼▼] El tono jocoso adquiere aquí unas dimensiones esperpénticas. El molinero imita burlescamente al Corregidor.

El tío Lucas se puso más pálido que la muerte
al ver que su mujer se le acercaba; pero luego
se dominó, y, con una risa tan horrible que
tuvo que llevarse la mano al corazón para que
no se le hiciese pedazos, dijo, remedando[6]     3000
siempre al Corregidor:

—¡Dios te guarde, Frasquita! ¿Le has enviado
ya a tu sobrino el nombramiento?

¡Hubo que ver entonces a la navarra! Tiróse la
mantilla atrás, levantó la frente con soberanía     3005
de leona, y clavando en el falso corregidor dos
ojos como dos puñales:

—¡Te desprecio, Lucas! —le dijo en mitad de
la cara.

Todos creyeron que le había escupido.     3010

¡Tal gesto, tal ademán y tal tono de voz acen-
tuaron aquella frase!

El rostro del Molinero se transfiguró al oír la
voz de su mujer. Una especie de inspiración semejante a la de la fe religiosa, había penetrado     3015
en su alma, inundándola de luz y de alegría...
Así es que, olvidándose por un momento de
cuanto había visto y creído ver en el molino,
exclamó con las lágrimas en los ojos y la sinceridad en los labios:     3020

—¿Conque tú eres mi Frasquita?

—¡No! —respondió la navarra fuera de sí—.
¡Yo no soy ya tu Frasquita! Yo soy... ¡Pregún-
taselo a tus hazañas de esta noche, y ellas te dirán lo que has hecho del corazón que tanto te     3025
quería!...

[6] Imitando.

Y se echó a llorar, como una montaña de hielo que se hunde y principia a derretirse.

La Corregidora se adelantó hacia ella sin poder contenerse, y la estrechó en sus brazos con el mayor cariño.

La señá Frasquita se puso entonces a besarla, sin saber tampoco lo que se hacía, diciéndole entre sus sollozos, como una niña que busca el amparo de su madre:

—¡Señora, señora! ¡Qué desgraciada soy!

—¡No tanto como usted se figura! —contestábale la Corregidora, llorando también generosamente.

—Yo sí que soy desgraciado —gemía al mismo tiempo el tío Lucas, andando a puñetazos con sus lágrimas, como avergonzado de verterlas.

—Pues, ¿y yo? —prorrumpió al fin don Eugenio, sintiéndose ablandado por el contagioso lloro de los demás, o esperando salvarse también por la vía húmeda; quiero decir, por la vía del llanto—. ¡Ah, yo soy un pícaro!, ¡un monstruo!, ¡un calavera deshecho, que ha llevado su merecido!

Y rompió a berrear[7] tristemente abrazado a la barriga del señor Juan López▼.

Y éste y los criados lloraban de igual manera, y todo parecía concluido, y, sin embargo, nadie se había explicado.

[7] Llorar desentonadamente.

▼ La idea de farsa melodramática y chusca se patentiza en esta escena. Repárese en la utilización de los vocablos «berrear» y «barriga», así como en la imagen suscitada.

## XXXIII

## PUES ¿Y TÚ?

El tío Lucas fue el primero que salió a flote en aquel mar de lágrimas▼.

Era que empezaba a acordarse otra vez de lo que había visto por el ojo de la llave.

—¡Señores, vamos a cuentas!... —dijo de pronto.    3060

—No hay cuentas que valgan, tío Lucas —exclamó la Corregidora—. ¡Su mujer de usted es una bendita!

—Bien..., sí...; pero...    3065

—¡Nada de pero!... Déjela usted hablar, y verá cómo se justifica. Desde que la vi, me dio el corazón que era una santa, a pesar de todo lo que usted me había contado.

—¡Bueno; que hable! —dijo el tío Lucas.    3070

—¡Yo no hablo! —contestó la Molinera—. El que tiene que hablar eres tú... Porque la verdad es que tú...

Y la señá Frasquita no dijo más, por impedírselo el invencible respeto que le inspiraba la    3075
Corregidora.

—Pues ¿y tú? —respondió el tío Lucas perdiendo de nuevo toda fe.

---

▼ El tono hiperbólico preside el comienzo de este nuevo capítulo.

—Ahora no se trata de ella... —gritó el Corre-
3080 gidor, tornando también a sus celos—. ¡Se trata de usted y de esta señora! ¡Ah, Merceditas!...
¿Quién había de decirme que tú?...

—Pues ¿y tú? —repuso la Corregidora midién-
dolo con la vista.

3085 Y durante algunos momentos los dos matrimo-
nios repitieron cien veces las mismas frases:

—¿Y tú?

—Pues ¿y tú?

—¡Vaya que tú!

3090 —¡No que tú!

Pero ¿cómo has podido tú?...

Etcétera, etcétera, etcétera.

La cosa hubiera sido interminable si la Corregidora, revistiéndose de dignidad, no dijese por
3095 último a don Eugenio:

—¡Mira, cállate tú ahora! Nuestra cuestión
particular la ventilaremos más adelante. Lo
que urge en este momento es devolver la paz
al corazón del tío Lucas, cosa fácil a mi juicio,
3100 pues allí distingo al señor Juan López y a Toñuelo, que están saltando por justificar a la
señá Frasquita...

—¡Yo no necesito que me justifiquen los hombres! —respondió ésta—. Tengo dos testigos de
3105 mayor crédito a quienes no se dirá que he se-
ducido ni sobornado...

—Y, ¿dónde están? —preguntó el Molinero.

—Están abajo, en la puerta...

—Pues diles que suban, con permiso de esta
señora.                                                          3110

Las pobres no pueden subir...

—¡Ah! ¡Son dos mujeres!... ¡Vaya un testimonio fidedigno!

—Tampoco son dos mujeres. Sólo son dos
hembras...                                                       3115

—¡Peor que peor! ¡Serán dos niñas!... Hazme
el favor de decirme sus nombres.

—La una se llama «Piñona» y la otra «Liviana...».

—¡Nuestras dos burras! Frasquita: ¿te estás    3120
riendo de mí▼?

—No, que estoy hablando muy formal. Yo
puedo probarte con el testimonio de nuestras
burras, que no me hallaba en el molino cuan-
do tú viste en él al señor Corregidor.                           3125

—¡Por Dios te pido que te expliques!...

—¡Oye, Lucas!... y muérete de vergüenza por
haber dudado de mi honradez. Mientras tú ibas
esta noche desde el lugar a nuestra casa, yo me
dirigía desde nuestra casa al lugar, y por con-  3130
siguiente, nos cruzamos en el camino. Pero tú
marchabas fuera de él, o, por mejor decir, te ha-
bías detenido a echar unas yescas en medio de
un sembrado...

—¡Es verdad que me detuve!... Continúa.       3135

---

▼ Lo cómico, como si se tratase de un típico relato de humor, surge en momentos de aparente tensión. La prosopopeya refuerza la presencia en la obra de las
dos burras.

—En esto rebuznó tu borrica...

—¡Justamente! ¡Ah, qué feliz soy!... ¡Habla, habla; que cada palabra tuya me devuelve un año de vida!

3140 —Y a aquel rebuzno contestó otro en el camino....

—¡Oh!, sí.., sí... ¡Bendita seas! ¡Me parece estarlo oyendo!

—Eran «Liviana» y «Piñona», que se habían 3145 reconocido y se saludaban como buenas amigas, mientras que nosotros dos ni nos saludamos ni nos reconocimos...

—¡No me digas más! ¡No me digas más!...

—Tan no nos reconocimos —continuó la señá 3150 Frasquita—, que los dos nos asustamos y salimos huyendo en direcciones contrarias... ¡Conque ya ves que yo no estaba en el molino! Si quieres saber ahora por qué encontraste al señor Corregidor en nuestra cama, tienta esas ropas que llevas puestas, y que todavía estarán 3155 húmedas▾, y te lo dirán mejor que yo. ¡Su Señoría se cayó al caz del molino, y Garduña lo desnudó y lo acostó allí! Si quieres saber por qué abrí la puerta..., fue porque creí que eras tú el que se ahogaba y me llamaba a gritos. Y, 3160 en fin, si quieres saber lo del nombramiento... Pero no tengo más que decir por la presente. Cuando estemos solos te enteraré de este y otros particulares... que no debo referir delante de 3165 esta señora.

▾ En el capítulo XXVI hemos señalado este detalle que incide en la verosimilitud de la narración. ¿No reparó el tío Lucas en la humedad de la indumentaria del Corregidor?

—¡Todo lo que ha dicho la señá Frasquita es la pura verdad! —gritó el señor Juan López, deseando congraciarse con doña Mercedes, visto que ella imperaba en el Corregimiento.

—¡Todo! ¡Todo! —añadió Toñuelo, siguiendo la corriente a su amo.                               3170

—¡Hasta ahora..., todo! —agregó el Corregidor muy complacido de que las explicaciones de la navarra no hubieran ido más lejos.

—¡Conque eres inocente! —exclamaba en tanto el tío Lucas, rindiéndose a la evidencia—.     3175
¡Frasquita mía, Frasquita de mi alma! ¡Perdóname la injusticia, y deja que te dé un abrazo!...

—¡Esa es harina de otro costal!... —contestó la     3180
Molinera, hurtando el cuerpo—. Antes de abrazarte necesito oír tus explicaciones...

—Yo las daré por él y por mí... —dijo doña Mercedes.

—¡Hace una hora que las estoy esperando!     3185
—profirió el Corregidor, tratando de erguirse.

—Pero no las daré —continuó la Corregidora, volviendo la espalda desdeñosamente a su marido— hasta que esos señores hayan descambiado vestimentas...; y, aún entonces, se las     3190
daré tan sólo a quien merezca oírlas.

—Vamos..., vamos a descambiar... —díjole el murciano a don Eugenio, alegrándose mucho de no haberlo asesinado, pero mirándolo todavía con un odio verdaderamente morisco[1]—.     3195
¡El traje de Vuestra Señoría me ahoga! ¡He sido muy desgraciado mientras lo he tenido puesto!...

_____

[1] Propio de moro converso.

—¡Porque no lo entiendes! —respondió el Co-
3200  rregidor—. ¡Yo estoy, en cambio, deseando po-
nérmelo, para ahorcarte a ti y a medio mundo,
si no me satisfacen las exculpaciones[2] de mi
mujer!

La Corregidora, que oyó estas palabras, tran-
3205  quilizó a la reunión con una suave sonrisa,
propia de aquellos afanados ángeles cuyo ministerio es guardar a los hombres.

[2] Disculpas.

## XXXIV

## TAMBIÉN LA CORREGIDORA
## ES GUAPA

Salido que hubieron de la sala el Corregidor y
el tío Lucas, sentóse de nuevo la Corregidora
en el sofá, colocó a su lado a la señá Frasqui-          3210
ta, y, dirigiéndose a los domésticos y ministriles que obstruían la puerta, les dijo con afable
sencillez:

—¡Vaya, muchachos!... Contad ahora vosotros
a esta excelente mujer todo lo malo que sepáis          3215
de mí.

Avanzó el cuarto estado[1], y diez voces quisie-
ron hablar a un mismo tiempo; pero el ama
de leche, como la persona que más alas tenía
en la casa, impuso silencio a los demás, y dijo          3220
de esta manera:

—Ha de saber usted, señá Frasquita, que está-
bamos yo y mi Señora esta noche al cuidado
de los niños, esperando a ver si venía el amo y
rezando el tercer rosario para hacer tiempo          3225
(pues la razón traída por Garduña había sido
que andaba el señor Corregidor detrás de unos
facinerosos[2] terribles, y no era cosa de acostar-
se hasta verlo entrar sin novedad), cuando sen-
timos ruido de gente en la alcoba[3] inmediata,          3230
que es donde mis señores tienen su cama de
matrimonio. Cogimos la luz, muertas de miedo, y fuimos a ver quién andaba en la alcoba,
cuando, ¡ay, Virgen del Carmen!, al entrar vi-
mos que un hombre, vestido como mi señor,          3235

---

[1] Los criados, el «pueblo llano».

[2] Delincuentes.

[3] Aposento para dormir.

pero que no era él (¡como que era su marido
de usted!), trataba de esconderse debajo de la
cama. «¡Ladrones!», principiamos a gritar de-
saforadamente, y un momento después la ha-
3240   bitación estaba llena de gente, y los alguaciles
sacaban arrastrando de su escondite al fingido
Corregidor. Mi señora, que, como todos, había
reconocido al tío Lucas, y que lo vio con aquel
traje, temió que hubiese matado al amo y em-
3245   pezó a dar unos lamentos que partían las piedras... «¡A la cárcel! ¡A la cárcel!», decíamos entre tanto los demás. «¡Ladrón! ¡Asesino!», era
la mejor palabra que oía el tío Lucas; y así es
que estaba como un difunto, arrimado a la pa-
3250   red, sin decir esta boca es mía. Pero viendo luego que se lo llevaban a la cárcel, dijo... lo que
voy a repetir, aunque verdaderamente mejor sería para callado: «Señora, yo no soy ladrón ni
asesino: el ladrón y el asesino... de mi honra
3255   está en mi casa, acostado con mi mujer▼.»

—¡Pobre Lucas! —suspiró la señá Frasquita.

—¡Pobre de mí! —murmuró la Corregidora
tranquilamente.

—Eso dijimos todos...: «¡Pobre tío Lucas y po-
3260   bre Señora!» Porque... la verdad, señá Frasquita, ya teníamos idea de que mi señor había
puesto los ojos en usted... y aunque nadie se figuraba que usted...

—¡Ama! —exclamó severamente la Corregido-
3265   ra—. ¡No siga usted por ese camino!...

───────────────────────────────

▼ El grupo de criados y servidores, con esa confusión de voces y explicaciones,
actúa como un coro de zarzuela. Alarcón fue muy aficionado a este tipo de
representaciones.

—Continuaré yo por el otro... —dijo un alguacil, aprovechando aquella coyuntura[4] para
apoderarse de la palabra—. El tío Lucas (que
nos engañó de lo lindo con su traje y su ma-
nera de andar cuando entró en la casa; tanto,          3270
que todos lo tomamos por el señor Corregidor)
no había venido con muy buenas intenciones
que digamos, y si la Señora no hubiera estado
levantada..., figúrese usted lo que habría sucedido...                                              3275

—¡Vamos! ¡Cállate tú también! —interrumpió
la cocinera—. ¡No estás diciendo más que ton-
terías! Pues, sí, seña Frasquita: el tío Lucas,
para explicar su presencia en la alcoba de mi
ama, tuvo que confesar las intenciones que          3280
traía... ¡Por cierto, que la Señora no se pudo
contener al oírlo, y le arrimó una bofetada en
medio de la boca que le dejó la mitad de las
palabras dentro del cuerpo! Yo mismo lo llené
de insultos y denuestos[5], y quise sacarle los    3285
ojos... Porque ya conoce usted, señá Frasquita,
que, aunque sea su marido de usted, eso de venir con sus manos lavadas...

—¡Eres una bachillera[6]! —gritó el portero, poniéndose delante de la oradora—. ¿Qué más       3290
hubieras querido tú?... En fin, señá Frasquita:
óigame usted a mí, y vamos al asunto. La Señora hizo y dijo lo que debía...; pero luego, cal-
mado ya su enojo, compadecióse del tío Lucas
y paró mientes en el mal proceder del señor Co-     3295
rregidor, viniendo a pronunciar estas o pareci-
das palabras: «Por infame que haya sido su
pensamiento de usted, tío Lucas, y aunque
nunca podré perdonar tanta insolencia, es menester que su mujer de usted y mi esposo crean     3300
durante algunas horas que han sido cogidos en

sus propias ^{nets}redes, y que usted, auxiliado por
ese disfraz, les ha devuelto afrenta por afrenta.
¡Ninguna venganza mejor podemos tomar de
3305　ellos que este engaño, tan fácil de desvanecer
cuando nos acomode!» Adoptada tan graciosa
resolución, la Señora y el tío Lucas nos alec-
cionaron a todos de lo que teníamos que hacer
y decir cuando volviese Su Señoría; y por cier-
3310　to que yo le he pegado a Sebastián Garduña

⁷ Extremidad infe-
rior del espinazo.

tal palo en la rabadilla⁷, que creo que no se le
olvidará en mucho tiempo la noche de San Simón y San Judas▼...

Cuando el portero dejó de hablar, ya hacía rato
que la Corregidora y la Molinera cuchichea-    3315
ban al oído, abrazándose y besándose a cada
momento, y no pudieron en ocasiones contener la risa.

¡Lástima que no se oyera lo que hablaban!...
Pero el lector se lo figurará sin gran esfuerzo,    3320
y si no el lector, la lectora▼▼.

▼ El autor facilita la localización de la fecha exacta en que pudieron suceder los
hechos: el día de San Simón y San Judas es el 28 de octubre.

▼▼ Las dos protagonistas han permanecido ajenas a las explicaciones de los criados. El narrador sugiere, maliciosamente, el contenido de la conversación.

## XXXV

## DECRETO IMPERIAL

Regresaron en esto a la sala el Corregidor y el tío Lucas, vestido cada cual con su propia ropa [▼].

3325 —¡Ahora me toca a mí! —entró diciendo el insigne don Eugenio de Zúñiga.

Y después de dar en el suelo un par de bastonazos como para recobrar su energía (a guisa de Anteo[1] oficial, que no se sentía fuerte hasta 3330 que su caña de Indias tocaba en la tierra), díjole a la Corregidora con un énfasis[2] y una frescura indescriptibles:

—¡Merceditas..., estoy esperando tus explicaciones!...

3335 Entre tanto, la Molinera se había levantado y le tiraba al tío Lucas un pellizco de paz, que le hizo ver estrellas, mirándolo al mismo tiempo con desenojados y hechiceros ojos.

El Corregidor, que observaba aquella pantomima[3], quedóse hecho una pieza, sin acertar a 3340 explicarse una reconciliación tan inmotivada.

Dirigióse, pues, de nuevo a su mujer, y le dijo, hecho un vinagre:

—¡Señora! ¡Todos se entienden menos nosotros! ¡Sáqueme usted de dudas!... ¡Se lo mando 3345 como marido y como Corregidor!

[1] Gigante, hijo de la Tierra y Neptuno.

[2] Fuerza de expresión.

[3] Representación teatral con gestos y movimientos, sin palabras.

---

[▼] El cambio de ropa deshace el equívoco que se inició en el capítulo XX. El papel del Corregidor resulta ridículo: su autoridad no es atendida por nadie.

Y dio otro bastonazo en el suelo.

—¿Conque se marcha usted? —exclamó doña
Mercedes, acercándose a la señá Frasquita y sin
hacer caso de don Eugenio—. Pues vaya usted          3350
descuidada, que este escándalo no tendrá nin-
gunas consecuencias. ¡Rosa!: alumbra a estos
señores, que dicen que se marchan... Vaya usted con Dios, tío Lucas.

—¡Oh... no! —gritó el de Zúñiga, interponién-     3355
dose—. ¡Lo que es el tío Lucas no se marcha!
¡El tío Lucas queda arrestado hasta que sepa
yo toda la verdad! ¡Hola, alguaciles! ¡Favor al
rey!...

Ni un solo ministro obedeció a don Eugenio.      3360
Todos miraban a la Corregidora.

—¡A ver, hombre! ¡Deja el paso libre! —añadió ésta, pasando casi sobre su marido, y des-
pidiendo a todo el mundo con la mayor finu-
ra; es decir, con la cabeza ladeada, cogiéndose
la falda con la punta de los dedos y agachán-       3365
dose graciosamente hasta completar la reverencia que a la sazón estaba de moda, y que se llamaba la pompa.

—Pero yo... Pero tú... Pero nosotros... Pero
aquéllos... —seguía mascullando el vejete, ti-      3370
rándole a su mujer del vestido y perturbando
sus cortesías mejor iniciadas.

¡Inútil afán! ¡Nadie hacía caso de Su Señoría!

Marchado que se hubieron todos, y solos ya en
el salón los desavenidos cónyuges, la Corre-        3375
gidora se dignó al fin decirle a su esposo, con

el acento que hubiera empleado una zarina[4] de todas las Rusias para fulminar sobre un ministro caído la orden de perpetuo destierro a la 3380 Siberia[5].

—Mil años que vivas, ignorarás lo que ha pasado esta noche en mi alcoba[▼]. Si hubieras estado en ella, como era regular, no tendrías necesidad de preguntárselo a nadie. Por lo que a 3385 mí toca, no hay ya, ni habrá jamás, razón ninguna que me obligue a satisfacerte, pues te desprecio de tal modo, que si no fueras el padre de mis hijos, te arrojaría ahora mismo por ese balcón, como te arrojo para siempre de mi dormitorio. Conque buenas noches, caballero.

Pronunciadas estas palabras, que don Eugenio oyó sin pestañear (pues lo que es a solas no se atrevía con su mujer), la Corregidora penetró en el gabinete, y del gabinete pasó a la alcoba, 3395 cerrando las puertas detrás de sí, y el pobre hombre se quedó plantado en medio de la sala, murmurando entre encías (que no entre dientes) y con un cinismo de que no habrá habido otro ejemplo:

3400 —¡Pues, señor, no esperaba yo escapar tan bien!... ¡Garduña me buscará acomodo[▼▼]!

[4] Esposa del zar de Rusia.

[5] Extensa comarca de Asia septentrional, que pertenece a Rusia.

[▼] El Corregidor es castigado por su fracasada aventura. Al final, las dudas de todos los interesados quedarán satisfechas; pero el viejo Corregidor nunca conocerá la verdad.

[▼▼] La dignidad del Corregidor queda aún más desprestigiada con este comentario de alivio y esa voluntad cínica de seguir utilizando los celestinescos servicios del alguacil.

## COMENTARIO 5 (Cap. XXXV)

➤ ¿Cuál es el tema de este capítulo?

➤ ¿Cuál es la actitud hacia el Corregidor de los restantes personajes de la escena?

➤ Explica el proceso de la actuación del Corregidor a través de sus palabras.

➤ ¿Qué imágenes aparecen en el texto? ¿Qué valor estilístico encierran?

➤ ¿Qué recursos expresivos se utilizan para dar énfasis a las palabras del Corregidor?

➤ En este texto aparecen algunos mensajes no verbales (lenguaje táctil, golpes, etc.). ¿Cuáles son? ¿Qué aportan a la escena?

➤ ¿Qué recursos expresivos utiliza el autor para resaltar el desconcierto del Corregidor?

➤ Explica el significado y la oportunidad del título de este capítulo.

## XXXVI

## CONCLUSIÓN, MORALEJA[1]
## Y EPÍLOGO[2]

Piaban los pajarillos saludando al alba cuando el tío Lucas y la señá Frasquita salían de la ciudad con dirección a su molino.▼

3405 Los esposos iban a pie, y delante de ellos caminaban apareadas[3] las dos burras.

—El domingo tienes que ir a confesar (le decía la Molinera a su marido), pues necesitas limpiarte de todos tus malos juicios y criminales
3410 propósitos de esta noche.

—Has pensado muy bien... —contestó el Molinero—. Pero tú, entre tanto, vas a hacerme otro favor, y es dar a los pobres los colchones y ropa de nuestra cama, y ponerla toda de nue-
3415 vo. ¡Yo no me acuesto donde ha sudado aquel bicho venenoso!

—¡No me lo nombres, Lucas! —replicó la señá Frasquita—. Conque hablemos de otra cosa. Quisiera merecerte un segundo favor...

3420 —Pide por esa boca...

—El verano que viene vas a llevarme a tomar los baños de Solán de Cabras[4].
—¿Para qué?

[1] Enseñanza moral que se deduce de un cuento o fábula.

[2] Última parte de la obra literaria que compendia o resume la acción.

[3] Juntas formando par.

[4] Balneario en la provincia de Cuenca.

▼ La nueva ilusión que empuja el ánimo de los protagonistas se identifica con la naturaleza que despierta con el día.

—Para ver si tenemos hijos.

—¡Felicísima idea! Te llevaré, si Dios nos da    3425
vida.

Y con esto llegaron al molino, a punto que el
sol, sin haber salido todavía, doraba ya las cús-
pides de las montañas

.........................................................................

A la tarde, con gran sorpresa de los esposos,    3430
que no esperaban nuevas visitas de altos personajes después de un escándalo como el de la
precedente noche, concurrió al molino más señorío que nunca. El venerable prelado, muchos canónigos, el jurisconsulto[5], dos priores    3435
de frailes y otras varias personas (que luego se
supo habían sido convocadas allí por Su Señoría Ilustrísima) ocuparon materialmente la
plazoletilla del emparrado.

Sólo faltaba el Corregidor.    3440

Una vez reunida la tertulia, el señor Obispo
tomó la palabra, y dijo[▼]: que, por lo mismo
que habían pasado ciertas cosas en aquella
casa, sus canónigos y él seguirían yendo a ella
lo mismo que antes, para que ni los honrados    3445
molineros ni las demás personas allí presentes
participasen de la censura pública, sólo mere-
cida por aquel que había profanado con su tor-
pe conducta una reunión tan morigerada[6] y
tan honesta. Exhortó paternalmente a la señá    3450

---

[5] Intérprete de la ley.

[6] De buenas costum-
bres.

---

[▼] El obispo aparece al final para poner las cosas en su sitio (el *ordo Dei*: «orden
de Dios») y para afirmar su protección a los que salvaguardan la honestidad.

Frasquita para que en lo sucesivo fuese menos provocativa y tentadora en sus dichos y ademanes, y procurase llevar más cubiertos los brazos y más alto el escote del jubón[7]; aconsejó al
3455 tío Lucas más desinterés, mayor circunspección[8] y menos inmodestia en su trato con los superiores; y acabó dando la bendición a todos y diciendo: que como aquel día no ayunaba, se comería con mucho gusto un par de raci-
3460 mos de uvas▼.

Lo mismo opinaron todos... respecto de este último particular... y la parra se quedó temblando aquella tarde. ¡En dos arrobas[9] de uvas apreció el gasto el Molinero!

3465 Cerca de tres años continuaron estas sabrosas reuniones, hasta que, contra la previsión de todo el mundo, entraron en España los ejércitos de Napoleón y se armó la guerra de la Independencia.

3470 El señor Obispo, el magistral y el penitenciario murieron el año de 8, y el abogado y los demás contertulios en los de 9, 10, 11 y 12, por no sufrir la vista de los franceses, los polacos y otras alimañas que invadieron aquella tierra,
3475 ¡y que fumaban en pipa, en el presbiterio[10] de las iglesias, durante la misa de la tropa!

El Corregidor, que nunca más tornó al molino, fue destituido por un mariscal francés, y murió en la Cárcel de Corte, por no haber que-

[7] Vestidura ajustada que cubría de los hombros a la cintura.

[8] Precaución, prudencia.

[9] Peso de 11,502 Kg.

[10] En los templos, área del altar mayor.

▼ Se resalta la conveniencia de seguir las normas de la moralidad cristiana y el papel protagonista de la Iglesia en la sociedad de la época.

rido ni un solo instante (dicho sea en honra 3480
suya) transigir con la dominación extranjera▼.

Doña Mercedes no se volvió a casar y educó
perfectamente a sus hijos, retirándose a la ve-
jez a un convento, donde acabó sus días en opinión de santa. 3485

Garduña se hizo afrancesado.

El señor Juan López fue guerrillero, mandó
una partida, y murió, lo mismo que su alguacil, en la famosa batalla de Baza[11], después de
haber matado muchísimos franceses. 3490

Finalmente: el tío Lucas y la señá Frasquita
(aunque no llegaron a tener hijos, a pesar de
haber ido al Solán de Cabras y de haber hecho
muchos votos y rogativas) siguieron siempre
amándose del propio modo, y alcanzaron una 3495
edad muy avanzada, viendo desaparecer el Absolutismo en 1812 y 1820, y reaparecer en 1814
y 1823, hasta que, por último, se estableció de
veras el sistema constitucional a la muerte del
Rey Absoluto[12], y ellos pasaron a mejor vida 3500
(precisamente al estallar la guerra civil de los
Siete Años)[13], sin que los sombreros de copa
que ya usaba todo el mundo pudiesen hacerles
olvidar aquellos tiempos simbolizados por el
sombrero de tres picos. 3505

[11] Ciudad de la pro-
vincia de Granada.

[12] Se refiere a Fernan-
do VII.

[13] Guerra carlista
(1833-1839).

▼ La guerra de la Independencia marca el final de algunos de los personajes. El
Corregidor se redime con su patriótico comportamiento ante el invasor; no así el
alguacil, que resulta definitivamente condenado.

# A P É N D I C E

# ESTUDIO DE LA OBRA

## Génesis

Inicialmente, *El sombrero de tres picos* se publicó en la «Revista Europea», en el verano del año 1874. La obra fue apareciendo, en distintas entregas, los días 2, 9, 16 y 30 de agosto, y 6 de septiembre. Así, pues, la novela fue dividida en cinco partes que ocuparon las páginas de los números 23, 24, 25, 27 y 28 de la citada publicación.

En el prefacio que acompañaba a la primera entrega, el autor da noticias sobre los orígenes de la narración. Según dice, había escuchado la historia, en su infancia, de boca de «un zafio pastor de cabras», llamado Repela.

Más tarde, Alarcón conoció otras versiones de la popular historia y pensó que constituiría un buen material para tratarlo literariamente. Ofreció el «asunto» a su amigo José Joaquín Villanueva, el cual, hacia 1866, había preparado el bosquejo de una zarzuela titulada *El que se fue a Sevilla*. Pero Villanueva murió inesperadamente y no pudo realizar su obra.

Brindó entonces Alarcón su historia al dramaturgo José Zorrilla. Según una carta que cita Martínez Kleiser, Zorrilla estuvo interesado en dramatizar el tema; pero los años pasaban y la obra teatral no aparecía, por lo que, finalmente, el guadijeño se decidió a novelar las andanzas del Corregidor y la Molinera.

En la *Historia de mis libros,* Alarcón nos cuenta las circunstancias próximas del nacimiento de *El sombrero...* Asegura que su primera intención fue escribir un cuento para enviar a Cuba, con destino a un semanario festivo. El cuento se escribió, pero el novelista intuyó que allí había materia para un trabajo más importante. Amplió el relato y un amigo lo convenció para que lo diera a conocer en España.

Un mes después de su publicación en la «Revista Europea», la obrita aparecía en tomo aparte, en la misma imprenta de Medina y Navarro en cuyos talleres se confeccionaba el semanario.

### *Fuentes*

El propio Alarcón, además de la alusión al *Repela* de su infancia, asegura que conoció otras versiones de la historia en romances de ciego, e incluso la recogida por don Agustín Durán en su *Romancero General.*

Con el tiempo, los antecedentes de la obra fueron investigados a fondo por los estudiosos. Hoy puede ofrecerse una importante selección de fuentes, fruto de tales trabajos.

Bonilla San Martín, en un estudio publicado en 1905, en la «Revue Hispanique», señala como antecedentes de la novela de Alarcón, además del romance publicado por Durán y titulado *El Molinero de Arcos,* una *Canción nueva del Corregidor y la molinera,* recogida en un «pliego de cordel», y asimismo, como fuente remota, la novela VIII de la Jornada VIII del *Decamerón,* de Boccaccio. Esta narración, a su vez, tendría que ver con otra del *Sendebar* o *Libro de los engaños et los asayamientos de las mugeres,* traducido del árabe en 1253 por el infante don Fadrique. El texto del *Sendebar* es el titulado *Exemplo del señor et de la muger et el marido de la muger, como se ayuntaron todos.*

A esta aportación de Bonilla habría que añadir las investigaciones del hispanista francés R. Foulché-Delbosc, publicadas en la misma «Revue Hispanique», en 1908. Foulché-Delbosc da a conocer otras dos versiones de la *Canción del Corregidor y la molinera (Chanza sucedida en Xerez de la frontera),* y como novedad más importante, un sainete de 1862 titulado: *Sainete nuevo: El Corregidor y la Molinera.*

Parcialmente se han apuntado otras influencias, algunas de ellas en pasajes aislados. Hay que hacer notar que, a pesar de todos estos antecedentes que pudieron inspirar al autor, el trabajo del novelista no desmerece en absoluto, pues su versión señala la diferencia entre la obra artística y el material sin elaboración.

## Temas

El tema del honor ya está presente en las propias fuentes de la novela. Se trata de un asunto muy popular y suficientemente tratado en la literatura, sobre todo en el teatro del Siglo de Oro. Ahora bien, Alarcón dará un giro original al enfoque de la historia. En primer lugar, el adulterio no llega a consumarse, con lo que, en parte, se esfuman las posibles soluciones trágicas.

La novedad del granadino consiste en encontrar una salida decorosa y mantener la intriga al propio tiempo. Al cambiar el final y resolverlo de forma feliz y graciosa, esta variante ha necesitado el desarrollo de un proceso cómico, montado como un juego o una farsa. De esta forma, un tema de tradición grave se resuelve felizmente mediante una ingeniosa pirueta final.

Junto a este tema del honor, el novelista ha condimentado otros asuntos que aportan variedad y complejidad al conjunto de la obra. En el desarrollo de la acción tropezamos otro viejo motivo: el abuso de poder de la autoridad frente al humilde. Esta cuestión fue planteada también en el teatro en diversas ocasiones. Baste recordar el drama *Fuenteovejuna*, de Lope de Vega, como ejemplo. La postura de Alarcón es de clara condena del poderoso, que, en este caso, representa la degradación de la autoridad, personificada en ese viejo lascivo y déspota.

Hay más. La recreación del ambiente y de la época da entrada a la nostalgia del pasado: aquellos tiempos de quietud y armonía, en que las costumbres eran sanas y dulces, a pesar de todo, y en que existía un orden espiritual firmemente vigilado por la jerarquía eclesiástica. Alarcón, como buen conservador, aprovecha para reafirmar los valores de la autoridad religiosa en una época de crisis y laicismo.

Junto a esa evocación de un tiempo y una sociedad perdidos, el autor eleva un canto idílico a la vida del campo, de la aldea, representada en ese molino apartado y bucólico.

## Personajes

Cuatro son los personajes principales de la obra. El autor los va mostrando paulatinamente, siguiendo un orden de aparición.

En primer lugar nos describe a la Molinera, móvil central de la acción. El retrato que nos hace el autor es, sobre todo, físico, aunque deja caer algunas notas que salpican su carácter y que contribuyen a darnos un retrato moral.

En la creación de este personaje coinciden algunos tópicos. Se trata de un tipo de mujer idealizada en el que se aúnan belleza, fuerza, bravura, lozanía... El autor la evoca como una figura mitológica, escultural.

En el cap. V conocemos al tío Lucas, esposo de la protagonista y contrapunto físico de ella. La descripción que nos hace el autor participa de la prosopografía y de la etopeya. El propio título así lo indica: «Un hombre visto por fuera y por dentro.» El tratamiento psicológico es bastante completo. Se trata de un personaje muy activo, resuelto, ingenioso, alegre... Su simpatía nace de una contradicción efectiva: sus cualidades morales tratan de compensar las deficiencias físicas. Con todo, posiblemente el aspecto externo del tío Lucas nació condicionado en la concepción total del relato. Para poder fundamentar algunos pasajes esenciales de la obra, el molinero tenía que guardar un gran parecido físico con su rival, el Corregidor.

Quizá la mejor creación de la novela sea la figura del Corregidor. Se trata de un personaje negativo, tanto en el orden físico como en el moral. No hay duda de que el autor, de forma un tanto maniquea, construyó un personaje condenable en todos sus aspectos y lo presentó como una caricatura grotesca. El Corregidor representa el espíritu del absolutismo opresivo y centralista, por un lado; y por otro, sirve de modelo para oponer el poder civil al poder eclesiástico, personificado en el Obispo. La indumentaria del Corregidor —símbolo de la política absolutista— constituirá el eje generador que, incluso, da título a la historia.

Hacia el final de la narración aparece otro de los protagonistas capitales de la intriga: la Corregidora. Alarcón consiguió una excelente creación. Una mujer recia, digna y muy natural. La proximidad con el personaje de la Molinera es muy notable. Parece que los dos modelos participaran de un mismo ideal femenino muy fijado en la mente del autor. La presencia de la Corregidora contrasta física y moralmente con la de su marido.

Otra magnífica creación de este relato es el alguacil, Garduña. Verdadera alimaña: activo, malsano, servicial, astuto... El autor lo compara con un hurón: el hurón es cruel y dañino. Está tratado también de forma caricaturesca.

Para completar el cuadro, el novelista esboza toda una serie de personajes entrañables, reales y llenos de gracia. Alguaciles, alcalde, nodriza, canónigos, etc. Un gran friso que reaviva el conjunto y que recuerda el ambiente de los sainetes o de las zarzuelas. Estos personajes ora actúan como un coro —en una visión escenificada de la obra—, ora alientan un pasaje o redondean una situación.

## Estructura

Aunque se trata de una obra narrativa y, como tal, perteneciente al género épico, el investigador checo Oldřich Bělič ha descubierto en este relato unas líneas estructurales propias de una composición dramática y, más concretamente, de una comedia clasicista.

Lo primero que hace notar Bělič es el hecho de que se cumplan, de alguna forma, las tres unidades que caracterizan este tipo de teatro. La unidad de acción es clara; y también la unidad de tiempo. Quizá la más discutible sea la unidad de espacio, pero tampoco el espacio crea demasiados problemas.

Según esta teoría, la obra podría dividirse en cinco grupos de siete capítulos cada uno. Los siete primeros forman un todo: presentación de ambientes y personajes. Sería el acto primero: exposición. Los siete capítulos siguientes, hasta el XIV, encierran ya una tensión: Garduña y el Corregidor han concebido un plan de ataque. Es el segundo acto. En la estructuración del drama corresponde a la parte de intensificación. La tercera parte, o tercer acto, comprende desde el cap. XIV al XXI. La trama inicia el momento de suprema tensión o clímax. Se trata del nudo o culminación. Al final de esta parte aún se mantiene la expectación. La clave de la intriga no se agota, sino que se prolonga.

La cuarta parte abarca desde el cap. XXI al XXVIII. La intriga se extiende: la Molinera va a casa del alcalde, vuelven todos al molino, nuevos embrollos, traslado hasta el Corregimiento de toda la comitiva. Se ha abierto un nuevo foco de inquietud: el tío Lucas está con la Corregidora. Final del cuarto acto. Es la parte de declinación. La atención del lector se mantiene hasta el segundo clímax.

La última parte, o desenlace, comprende desde el cap. XXVIII al XXXV. El interés se activa de nuevo con el segundo episodio melodramático de la aventura. El enredo se aclara para todos de forma feliz. Para todos, menos para el Corregidor, que nunca llegará a conocer la verdad. La acción en sí termina al final de este capítulo.

Pero Alarcón añadió un apéndice, el cap. XXXVI. Se trata, en realidad, del verdadero desenlace, con la presencia del Obispo, que aparece para poner el broche final del «Ordo Dei». El autor aprovecha, además, para resumir los posteriores destinos de los principales personajes, con lo que queda totalmente cerrado el proceso creativo. Esta última noticia ya no es dramática, sino épica.

## El tiempo

El tiempo de la acción es corto. Abarca una tarde y una noche. Exactamente desde las dos de la tarde hasta el amanecer del día siguiente. Si atendemos a las indicaciones del autor, podemos incluso deducir la fecha exacta del suceso: «la noche de San Simón y San Lucas» (cap. XXXIV), y el año: «supongamos que el de 1805» (cap. I). Así que el día podría haber sido el 28 de octubre de 1805.

Las pistas sobre el tiempo son constantes: «Eran las dos de una tarde de octubre» (cap. VIII); «a las siete y pico de la noche» (cap. XIII); «serían las nueve» (cap. XV), etc.

En cuanto a la distribución de este factor, el enredo complica la acción de tal manera que el autor ha tenido que introducir diversas alteraciones y cortes.

La ruptura de la linealidad cronológica se produce a poco de iniciarse la acción. Los cap. IX y X son simultáneos. Otro tanto ocurre con los cap. XIII y XIV. Para marcar la simultaneidad, el autor recurre a precedimientos muy arcaicos: «Mientras»... «Entretanto»...

También existe simultaneidad entre los cap. XIX y XXIII; y entre el XX y el XXIV.

La ruptura temporal más fuerte surge al inicio del cap. XXI. La acción nos devuelve a situaciones anteriores al contarnos lo que ocurre en el molino mientras el tío Lucas está en casa del alcalde. A partir del cap. XXVII la acción ya es lineal y continuada, aunque se requieren algunas aclaraciones.

Esta manipulación del tiempo demuestra el carácter épico de la obra, a pesar de la composición dramática que señala Bělič.

## El espacio

El espacio en que se desarrolla la peripecia es asimismo reducido. Dos son los centros principales en los que ocurren los sucesos más significativos: el molino y el Corregimiento. Un tercer espacio podría ser la casa del alcalde de monterilla.

Dos ambientes se enfrentan en la novela: el urbano, plasmado en esa ciudad a la que suponemos cierta categoría (Corregimiento, Obispado, etc.), y el rústico. Pocas son las descripciones que se nos ofrecen del ambiente ciudadano. Sí, en cambio, se deja traslucir el deseo de evasión de algunos de los personajes que en ella conviven: canónigos, funcionarios, etc.

Frente a este mundo seudocortesano, el ambiente rural, aldeano, plasmado básicamente en el molino, nos brinda la frescura y el atractivo que cantaron otros autores en sus alabanzas de aldea. La vida del molino se desarrolla en un marco ameno, impregnado de quietud, que resucita el mito renacentista del «locus amoenus» y la vida serena.

## El narrador

Como ocurre en la mayoría de las novelas del siglo XIX, la postura del narrador es omnisciente. Conoce todos los detalles de lo que va a suceder y de lo que ha sucedido, y domina a la perfección el pensamiento de los personajes. Puede retardar la acción, interrumpirla, o adelantar acontecimientos.

En esta novela tiene mucha importancia el distanciamiento: una historia de 1805 contada en 1874. El autor, desde esta perspectiva, se hace dueño de personajes y de situaciones y los maneja a su antojo. No sólo comenta, sino que censura, ridiculiza y toma postura ante los hechos.

Frente al lector, el narrador es una especie de guía. Lo conduce a través del hilo de la trama, lo orienta e incluso lo alecciona. Las referencias son constantes: «Conque ya veis» (cap. III), etc. A menudo, se introduce él mismo como lector: «Sigamos por nuestra parte al tío Lucas» (cap. XVI), etc. «Dejemos, pues, al Corregidor» (cap. XXII), etc.

En ocasiones, el narrador se separa del autor y hace las veces de intérprete de los pensamientos de este último: «Vais a saberlo inmediatamente» (cap. VII), etc.

## Estilo

Cuando Alarcón publicó *El sombrero de tres picos,* solamente había escrito una novela: *El final de Nor-*

*ma.* El resto de su producción narrativa, hasta entonces, eran cuentos y relatos cortos. Incluso *El sombrero* está a medio camino entre el cuento y la novela. La mayoría de los críticos del siglo XIX consideraban esta obra como un cuento. Los límites entre cuento y novela corta, y entre novela corta y novela, son difíciles de definir. Para nosotros, en este caso, se trataría de una novela corta.

En cuanto a la forma literaria, Alarcón ha superado el estilo cortado de su juventud, presente en algunos de sus cuentos anteriores, y ha conseguido ya una forma expositiva propia, de frase más larga, fácil y fluida. Aunque, actualmente, su manera de escribir nos parezca arcaica y lejana, *El sombrero*, si tenemos presente la época en que se compuso, es un ejemplo de buen hacer narrativo. Ante un tema vivaz, de farsa, el autor utiliza un lenguaje lleno de plasticidad, rápido y bullicioso.

La corta extensión de los capítulos contribuye a perfilar esta nota de ligereza y amenidad.

El vocabulario es sencillo y cotidiano, sobre todo en los diálogos. El novelista ha rehuido la aproximidad del costumbrismo y ha evitado localismos y vulgarismos. De la espontaneidad de los diálogos, el lector salta a otras situaciones en que la realidad se ha estilizado cómicamente, o se han escenificado determinadas situaciones. A veces, ya lo hemos señalado, los personajes han sido adornados con rasgos tan burlescos, que hacen pensar en los aguafuertes de Goya o en los esperpentos de Valle-Inclán.

Sin duda, lo más notable es el ritmo de la acción. El novelista procede con gran movilidad, narrando los hechos apresuradamente. De pronto se detiene: sea para realizar una descripción, sea para marcar un contraste o para crear un suspense.

Son frecuentes las exclamaciones, interrogaciones retóricas, imágenes, simetrías, enumeraciones, etc. Con las enumeraciones el autor pretende dar visiones amplias y rápidas de una situación, o bien provocar sensaciones con un empleo mínimo de estructuras sintácticas.

El simbolismo recorre la obra como motivo artístico y ese sombrero y esa capa que salen y entran en la escena mantienen el baile de la intención de la obra.

Presente está también el tono burlesco del autor, que, desde el principio, ha previsto las distintas situaciones y las desarrolla con ironía, e incluso con sarcasmo.

El investigador E. de Chasca ha resaltado el carácter cómico de esta novela. La comicidad, más que en detalles o en escenas, está presente en el conjunto del tema, en el tratamiento, en los contrastes... Por supuesto que, en determinados momentos, salta el detalle humorístico o la escena hilarante, pero es el planteamiento general del relato el que conjuga comicidad y gracia sin renunciar a ciertos mensajes moralizantes que laten bajo la farsa.

Hay que concluir que, pese a la abundancia de recursos formales, no todo son virtudes desde un punto de vista estilístico. La obra es fruto de la improvisación y de la sorprendente facilidad narrativa de Alarcón. Desde una visión actual el estilo de *El sombrero* puede resultar farragoso y poco cuidado. Demasiadas fórmulas y vicios retóricos, muy superados a estas alturas. Pero la lectura de esta narración sigue siendo agradable. De ahí su éxito.

## Proyección de la obra

*El sombrero* conoció el triunfo desde el principio. Ya antes de finalizar la década —recordemos que se publicó en 1874— había sido traducida a varios idiomas: portugués, alemán, italiano, francés... Y en los años siguientes la obra se dio a conocer, entre otros países, en Inglaterra, EEUU., Rusia y Rumanía.

El tema prosperó en otros géneros. En 1893 se estrenó en el Teatro Príncipe Alfonso una comedia musical del maestro Giró con el mismo título. En Baden (Alemania), en 1896, fue representada una ópera inspirada en la novela y titulada *Der Corregidor*.

El 22 de junio de 1919 se estrenó en Londres el ballet *El sombrero de tres picos*, con música de Manuel de Falla y letra de Martínez Sierra. Los decorados fueron realizados por Picasso y la coreografía ideada por Massine. Esta obra ha sido representada infinidad de veces en todo el mundo y por los más renombrados artistas.

Se han realizado diversas adaptaciones teatrales de la novela. Quizá las más importantes sean: *La pícara molinera,* de Torcuato Luca de Tena; *La feria de Cuernicabra,* de Alfredo Mañas; y, sobre todo, *La molinera de Arcos,* de Alejandro Casona.

También se conocen varias versiones cinematográficas del tema.

# BIBLIOGRAFÍA

## Textos

ALARCÓN, Pedro A. de: *Obras completas*, Ed. Fax, Madrid, 1968[3]

La obra incluye un estudio preliminar de L. Martínez Kleiser y una biografía de nuestro autor realizada por Mariano Catalina.

— *El sombrero de tres picos*, edición de V. Gaos, Ed. Espasa Calpe, Madrid, 1975.

V. Gaos es uno de los principales estudiosos de Alarcón. Su edición, que sigue la última de las *Obras completas* corregida por el propio autor, anota las variantes respecto a la edición de la *Revista Europea*. Como apéndice incluye los textos de algunas de las fuentes de la novela.

— *El sombrero de tres picos*, edición de A. López-Casanova, Ed, Cátedra. Madrid, 1977[3].

Son muchas las ediciones anotadas de *El sombrero*. Esta de A. López-Casanova nos parece indispensable para un estudio detallado de la novela. Anota las variantes respecto a otras ediciones.

## Estudios

BĚLIČ, Oldřich: *«El sombrero de tres picos* como estructura épica»*, en *Análisis estructural de textos hispánicos,* Ed. Prensa Española, Madrid, 1969, pp. 115-141.

O. Bělič desarrolla su conocida teoría sobre la composición dramática de *El sombrero*. El estudio se hace capítulo por capítulo y resulta de gran interés.

BONILLA SAN MARTÍN, Adolfo: «Los orígenes de *El sombrero de tres picos,»* *Revue Hispanique,* tomo XIII, 1905, pp. 5-17.

Recoge las investigaciones de Bonilla San Martín sobre las fuentes de la novela.

CHASCA, Edmund de: «La forma cómica en *El sombrero de tres picos»,* *Hispania* (California), tomo XXXVI, 1953, pp. 283-288.

Recoge las opiniones de este investigador sobre la comicidad que preside el texto del famoso relato.

FERNÁNDEZ MONTESINOS, José: *Pedro Antonio de Alarcón*. Ed. Librería General, Zaragoza, 1955 y Ed. Castalia, Valencia, 1977.

Se trata de uno de los más profundos estudios de la obra de Alarcón. El profesor F. Montesinos comenta la producción del autor granadino. La novela *El sombrero de tres picos* es analizada en el cap. IV.

FOULCHÉ-DELBOSC, R.: «D'oú derive *El sombrero de tres picos*», *Revue Hispanique*, tomo XVIII, 1908.

El conocido investigador francés da a conocer en este estudio el fruto de sus investigaciones sobre las fuentes de la novela de Alarcón.

GAOS, Vicente: «Técnica y estilo de *El sombrero de tres picos*», en *Temas y problemas de literatura española*, Ed. Guadarrama. Madrid, 1959. Reproducido en *Claves de literatura española*, Ed. Guadarrama, Madrid, 1971 (tomo II).

El estudio recogido en esta obra, que analiza en profundidad la popular novela de Alarcón, es el mismo que figura en la Introducción a su edición de *El sombrero*, ya citada.

PARDO CANALÍS, Enrique: *Pedro Antonio de Alarcón*, Ed. Compañía Bibliográfica, Madrid, 1966.

La obra incluye un detallado esquema biográfico de Alarcón, así como una cronología de la época. El resto, además de una relación de las obras de este autor, lo componen una antología de textos y un ramillete de juicios críticos de importantes escritores sobre el autor de *El sombrero*.

SORIA ORTEGA, Andrés: «Ensayo sobre Pedro Antonio de Alarcón y su estilo», en *Boletín de la Real Academia Española*, tomo XXXI 1951, pp. 45-92, 461-500 y tomo XXXII, 1952, pp. 119-145.

El estudio no se centra sobre *El sombrero*, pero en él abundan las referencias a esta obra. Muchas de las interpretaciones sobre el estilo alarconiano son aplicables a las páginas de nuestra novela.

## TÍTULOS PUBLICADOS

1. *Lazarillo de Tormes*, anónimo.
2. *La vida es sueño*, Pedro Calderón de la Barca.
3. *Rimas y leyendas*, Gustavo Adolfo Bécquer.
4. *Cuentos*, Leopoldo Alas, «Clarín».
5. *Romancero*, varios.
6. *Rinconete y Cortadillo*, Miguel de Cervantes Saavedra.
7. *Fuente Ovejuna*, Félix Lope de Vega y Carpio.
8. *El sí de las niñas*, Leandro Fernández de Moratín.
9. *El sombrero de tres picos*, Pedro Antonio de Alarcón.
10. *Platero y yo*, Juan Ramón Jiménez.
11. *La Celestina*, Fernando de Rojas.
12. *El casamiento engañoso y El coloquio de los perros*, Miguel de Cervantes Saavedra.
13. *Don Álvaro o la fuerza del sino*, Ángel de Saavedra (duque de Rivas).
14. *San Manuel Bueno, mártir*, Miguel de Unamuno.
15. *Antología poética*. Antonio Machado.
16. *Antología de poesía barroca*, varios.
17. *El caballero de Olmedo*, Félix Lope de Vega y Carpio.
18. *Artículos*, Mariano José de Larra.
19. *Bodas de sangre*, Federico García Lorca.
20. *Tres sombreros de copa*, Miguel Mihura.
21. *Antología poética de los siglos XV y XVI*, varios.
22. *El alcalde de Zalamea*, Pedro Calderón de la Barca.
23. *Antología de la Generación del 27*, varios.
24. *Don Quijote de la Mancha*, I, Miguel de Cervantes Saavedra.
25. *Don Quijote de la Mancha*, II, Miguel de Cervantes Saavedra.

© GRUPO ANAYA, S.A. - 1991 - Madrid: Telémaco, 43 - Depósito Legal: M. 8.403 - 1991 - ISBN: M. 84-207-2635-4 - Printed in Spain - Imprime: Talleres Gráficos Peñalara, S.A. - Ctra. Villaviciosa de Odón a Pinto, km 15,180 Fuenlabrada (Madrid)